KB032990

8클래스
마법사의
회귀

WISHBOOKS FANTASY STORY

류송 판타지 장편소설

8클래스 마법사의 회귀 2

류송 판타지 장편소설

초판 1쇄 찍은 날 | 2017년 4월 6일
초판 1쇄 펴낸 날 | 2017년 4월 13일

지은이 | 류송
펴낸이 | 예경원

기획 | 위시북스
편집책임 | 박우진
편집 | 이즈플러스

펴낸곳 | 예원북스
등록번호 | 제396-2012-000132호
등록일자 | 2012. 7. 25
KFN | 제1-089호

주소 | 경기도 고양시 일산동구 호수로 646-24 위너스21 II 빌딩 206A호 (우)10401
전화 | 031-819-9431 팩스 | 031-817-9432
E-mail | yewonbooks@naver.com

ⓒ류송, 2017

ISBN 979-11-6098-170-4 04810
     979-11-6098-168-1 (set)

8클래스 마법사의 회귀

②

류송 판타지 장편소설

WISHBOOKS FANTASY STORY

Wish Books

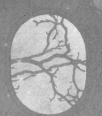

CONTENTS

1장
상아탑의 초대(2)

레디오의 비약이 활약할 무대가 펼쳐졌다.

"이안 페이지. 제국력 488년생. 붉은 염소자리. 부친은 떠돌이 모험가였던 프란 페이지, 모친은 영주성 부엌데기 출신 베네사 페이지. 이 중 실제와 다른 점이 있나?"

"모두 사실입니다."

그 어디에 거짓이 있으랴?

이어지는 신상정보에 관한 질문에 하나씩 차분히 대답하는 이안이었다.

본격적인 질문은 이후부터 펼쳐졌다.

"고블린 사체가 돈이 된다는 사실은 어떻게 알았지?"

"얼핏 들었습니다. 혹시나 했죠."

"레디오라는 연금술사와의 관계가 궁금하군."

"어머니께서 몸이 약하십니다. 지속적으로 좋은 약을 지어줄 연금술사가 필요했고, 상단의 추천으로 만났습니다. 마법사는 돈을 많이 번다죠? 그래서 계약을 맺었습니다."

"구 상아탑에 방문한 진짜 목적이 뭐지?"

"책에서 자주 본 곳입니다. 한 번쯤 가보고 싶었죠."

제법 날카로운 질문이 많았다. 물론 예상 가능한 질문이기도 했다.

하나하나 그럴듯하게 대답하면 그만이다. 무엇을 말하든 진실이 될 테니까.

"마법사 세실리아를 기억하는가?"

"물론입니다."

"그녀와 복면을 쓴 괴한이 내통하는 모습을 목격했고, 그 현장을 들킨 세실리아가 자네를 죽이려고 했다…… 이러한 주장에 한 치의 거짓도 없음을 확신하나? 그녀는 아직까지 침묵으로 일관하고 있네만."

"확신합니다. 죽는 줄 알았으니까요."

고위 마법사들의 쉴 새 없는 질문 세례.

하나를 대답하면 또 다른 질문이 날아왔다.

"정말 누구한테도 마법 지도를 받은 적이 없다는 게냐?"

"네. 없습니다."

"하면 파이어볼부터 정령 소환, 프로스트 노바까지. 대체 그 많은 술식을 무슨 수로 알고 있다는 말이냐? 충분히 납득할 만한 대답을 듣고 싶구나."

마법이란 술식의 순간적인 암산으로 마나 브레인이 자극되는 순간 나타나는 현상이다. 한데 그 술식조차 모르면서 마법을 부린다? 상식적으로 불가능한 일.

"또 '그냥 되었다'고 말할 생각은 아니겠지?"

마나 반응 검사장에서 이안이 내뱉었던 발언.

데커드는 그 발언을 정확히 알고 있었다.

그럼에도 이안이 준비한 대답은 크게 다르지 않았다.

"……떠올렸을 뿐입니다."

"떠올렸다?"

"예를 들자면, 손 위에 불꽃이 타오르는 상상."

그리 말하며 작은 불꽃을 일으키는 이안.

미약한 수준의 파이어볼이었다.

"상상만 했을 뿐인데, 어느 날부터 현실이 되더군요."

상상만으로도 마법을 부린다?

작은 불덩이를 만들고자 하면 파이어볼이, 정령을 소환하고자 하면 소환술이, 주변을 얼리고자 하면 프로스트 노바가.

"그 무슨 허무맹랑한……."

실로 믿을 수 없는 헛소리.

고위 마법사들의 상식이 아우성쳤다.

신문 마법의 효과가 거짓을 잡아낼 거라고. 그런데, 아무런 반응도 전해지지 않았다.

거짓말임을 알리는 증상이 단 하나도.

시간을 두고 기다린다 한들 마찬가지였다.

'거짓이 아니다?'

급히 주문을 점검하기 시작한 고위 마법사들.

그래봐야 달라지는 건 아무것도 없었다. 상아탑이 펼칠 수 있는 가장 강력한 신문 마법은 여전히 이안의 말을 사실이라 여겼으니까.

'이럴 수가 있나?'

전설처럼 전해지는 최초의 마법사.

정말 그 환생이라도 된다는 걸까?

'만약 거짓이라면.'

하면 그조차도 문제가 된다. 신문 마법이 통하지 않는다는 얘기인데.

그 말이 무엇을 뜻하겠는가?

'우리보다 높은 경지의 마법사라고?'

탑주와 고위 마법사가 합동으로 펼친 신문 마법. 그조차 파훼시킬 정도로 높은 경지의 마법사.

'그건 말도 안 돼.'

차라리 허무맹랑한 말을 믿는 편이 낫다. 아니, 반드시 그래야만 한다.

"크흠⋯⋯."

끝을 몰랐던 질문의 세례가 잠시간 멈췄다.

모두가 탑주의 결정만을 기다리는 그때.

"아! 됐고!"

지금껏 단 한 번도 질문을 던지지 않았던 여인.

이안의 등장 이전까지 최연소 4클래스 마법사.

'불의 여인'이라는 별명으로 유명한 '헬레느'가 탁자를 쾅 치며 일어났다. 별명의 이유에는 화염 계열 마법을 즐겨 사용하는 탓도 있지만, 워낙 성정이 불같기도 했다.

"너 도대체 정체가 뭐야?"

"헬레느! 자중하시게. 지금은 탑주께서도 계신⋯⋯."

"아니, 다들 그거 알아내려고 모인 거잖아? 근데 자꾸 뭘 시답잖은 거나 캐묻고 앉았어? 진짜로 궁금한 걸 물어보자고. 진짜로 궁금한 거!"

똑같은 4클래스 마법사라도 급이 다르다.

헬레느는 그중에 강한 역량을 갖고 있었다. 탑주를 제외한다면, 그녀보다 위에 선 자는 없다.

적어도 현재의 상아탑은 그랬다.

"그 뚫린 입으로 직접 얘기해 봐. 정체가 뭐니? 어떻게 되먹은 놈인데 자꾸 말도 안 되는 소리만 찍찍 해대는 거야?
응? 대답 좀 해줄래?"

헬레느의 매우 공격적인 어조.

모두가 당황하면서도 눈만큼은 빛을 냈다.

차마 체면이 있어 물어볼 수 없었던 말이니까.

'그래. 저런 여자였지.'

이안이 기억하는 전생의 헬레느도 마찬가지였다.

언제나 신경을 살살 긁는 목소리와 말투.

똑같은 인물이니 당연한 얘기겠다만.

"이미 다 아시는 거 아닌가요?"

"뭐?"

"저기에도 적혀 있는데요."

이안이 어깨를 으쓱하며 허공에 적힌 문자.

그 마나로 적힌 첫 문단을 가리켰다.

자신의 간략한 정보가 나열된 부분을.

"이안 페이지, 제국력 488년생, 붉은 염소자리, 출신 미상
의 떠돌이 모험가 프란 페이지와 모그리안 영주성 부엌데기
출신 베네사 페이지 사이에서 출생. 외아들. 기타 혈연관계
밝혀진 바 없음."

하물며 친절히 읽어주기까지 한다.

한 글자 한 글자 빠짐없이 또박또박.

"또 뭘 얘기하라는 건지."

은근히 무시가 담긴 이안의 말투.

말 속 가시를 인지하지 못할 헬레느가 아니었다.

"이게 지금 누구 앞에서……!"

"그만!"

헬레느의 높아지는 목청.

그 언성을 잠재우는 탑주의 한마디였다.

아무리 헬레느라도 어쩔 도리가 없었다.

"내 마지막으로 한 가지만 묻도록 하겠네."

이번에는 탑주가 직접 질문을 골랐다. 지금껏 지켜본 바, 그 또한 고위 마법사들과 비슷한 생각을 떠올렸다. 사실이라면 최초의 마법사와 같은 재능임을 인정해야 함이요, 거짓이라 해도 엄청난 마법사임은 기정사실이리라.

'하지만 너무 일정하지 않은가?'

거기에 탑주는 한 가지 의문점을 더했다.

그 어떤 질문을 받아도 평온한 생체반응.

물론 타고난 평정심을 가졌다면 그럴 수도 있다.

애당초 거짓을 솎아내는 데 특화된 마법이니까.

'확인해 둘 필요가 있다.'

저 평온함이 한 번쯤 흔들릴 법한 질문.

탑주는 마지막 질문의 목표로 그것을 정했다.

"자네가 마나 반응 검사를 받았던 그때, 약간의 소란이 있었음을 알고 있네. 자네와 어머니를 모욕했던 병사, 그 조나단이라는 이름의 병사를 기억하겠지?"

그 물음에 조용히 고개를 끄덕이는 이안.

아직까지는 별다른 생체반응이 없었다.

"한데 그 병사가 다음 날 시체로 발견되었더군."

탑주가 날카로워진 눈매로 말문을 이어갔다.

일말의 반응까지 잡아내리라는 집중력이었다.

"혹시 그 병사의 죽음, 자네와 연관이 있지는 않나?"

과연 탑주는 탑주다.

확실히 남다른 구석이 있었다.

자신들의 마법을 과신하지 않는다. 제3의 가능성을 열어두고 의심한다.

'약의 효과라는 사실까지는 모르겠지만.'

그것이 현 시점의 한계였다.

마법사와 연금술사는 제법 가깝다.

협업의 기회도 상당히 많을뿐더러, 연금술사를 통해 엘릭서를 제공받기 때문이다. 물론 동등한 관계라기보다는 상하의 관계였지만.

'덕분에 마법사들도 기본은 알아.'

이안이 몇몇 약초에 밝았던 것처럼, 여타 마법사들도 연금술의 기본은 안다.

탑주 허버트 또한 예외는 아닐 터.

오히려 더 많이 알면 많이 알겠지. 그렇기에 이 함정을 피할 수 없다.

'지금으로서는 상식 밖의 일.'

신문 마법을 피해갈 수 있는 비약.

그러한 효과를 가진 약초, 혹은 독초.

아마 떠올리는 것조차 불가능할 거다.

'이쯤에서 약효를 지워낼까?'

본디 마법사들은 독에 잘 당하지 않는다.

방대한 마나로 독효를 몰아내고 장기까지 보호할 수 있는데, 이는 전생의 라그나르가 더글라스로 하여금 특별한 극독을 개발했던 까닭이기도 했다.

'분명 마지막 질문이라고 했지.'

탑주는 드러나는 모습을 중시한다.

한번 내뱉은 말은 지킬 가능성이 높다.

충분히 만족할 만한 성과를 얻는다면 말이다.

'듣고 싶은 답을 내어주마.'

돌 심장 비약의 약효를 몰아낸 이안. 그가 결심한 듯 천천히 입술을 뗐다.

"……저는 모르는 일입니다."

"아무런 관련도 없다는 말인가?"

"그렇습니다."

이안의 말은 명백한 거짓이었다.

자연스레 본능적인 반응도 일어났다.

탑주가 원했던 여러 생체적 반응들.

그 변화가 고스란히 전해졌다.

신문 마법을 펼치고 있는 탑주, 그리고 모든 고위 마법사들에게.

'거짓말?'

모두 이안의 거짓말을 간파했다.

그런데도 표정들은 한결 가벼워졌다.

신문 마법의 문제가 아니었으니까.

자신들이 펼친 술식의 문제도, 더 강한 존재에게 파훼당한 것도, 제3의 무언가가 개입된 것도 아니다.

단지 저 소년의 대답이 사실이었을 뿐.

'꼬마는 꼬마로군.'

탑주와 마법사들의 공통된 생각이었다. 끝까지 사실만을 대답했던 소년이다. 한데 살인 앞에서 결국 거짓을 내뱉었다.

그 어떤 대답보다도 의미하는 바가 컸다.

'재능을 가진 아이인 편이 낫다.'

그나마 가장 나은 경우가 아니겠는가?

압도적인 실력을 숨기고 있는 존재보단.

"아무렴, 자네가 죽었을 리 없지."

생각이 정리된 탑주가 미소를 지었다. 여유로움을 완벽하게 되찾은 얼굴이었다.

"까다로운 질문에 진심 어린 대답을 들려줘서 고맙네."

누구도 이안의 거짓말을 캐묻지 않았다.

병사 하나 죽인 거야 별문제도 아니다.

살육을 즐기는 미치광이라면 또 모를까.

"내 마음 같아서는 이쯤하고 식사나 함께 했으면 좋으련만, 아직 남아 있는 절차가 있으니 양해를 좀 해주게나."

이안에게 알고 싶었던 것은 모두 알아냈다. 확인하고 싶었던 것도 모두 확인했다.

이제 남은 것은 이안의 마법적 역량. 그 객관적인 클래스를 측정해 볼 차례였다.

"알다시피, 자네가 가진 그 재능은 상아탑으로서도 처음 겪어보는 힘일세. 아무런 정보도 없는 미지의 힘이지. 해서……."

탑주가 탁자에 놓인 수정구를 잡았다.

상아탑의 층층마다 연결된 통신구였다.

"보다 정확한 측정이 필요하네. 자네의 실질적인 역량은 물론 앞으로의 성장 가능성까지. 그걸 알아야 우리 상아탑이 선배로서 올바른 방향을 잡아주지 않겠나?"

보다 정확한 측정.

이안의 클래스가 2클래스 마스터 내지 3클래스 초입 수준일 거라는 내부의 '추측'을 '확정'으로 바꾸겠다는 뜻이리라.

'지금부터가 문젠데.'

클래스의 분류법은 크게 두 가지가 있다.

첫 번째는 당연하게도 마나통의 한계.

두 번째가 바로 술식의 '연산 능력'이다.

고급 마법일수록 점점 어려운 술식이 필요하다.

술식을 빠르게 정확하게 풀어내지 못한다면 마법은 발현되지 않는다. 그야말로 '타고난 지능'의 영역이니만큼 수많은 마법사들을 좌절시킨 원흉이었다.

'지금 난 연산 능력이 필요 없는 상황이니까.'

이안은 상상만으로 마법이 발현된다는 거짓을 사실처럼 만들었다. 덕분에 연산 능력을 시험받지는 않을 터.

'마나만 확인하겠군.'

이안의 예싱은 징확했다.

승강기로 타고 올라온 젊은 마법사들.

퉁명스러운 태도로 이안을 안내했던 그들이 아주 커다란 반투명 구체를 탑주의 방 가운데로 옮겨왔다.

'뭐야……? 신문 마법을 통과했어?'

젊은 마법사들의 표정이 얼떨떨했다.

분명 헛소문일 거라고 여겼다.

신문 마법으로 밝혀질 거라 믿었다.

곧 마나 감옥에 처박힐 운명이라 생각했다.

'다 사실이었다고……?'

아직도 믿을 수 없는 이야기.

그러나 이안은 여전히 탑주의 방에 있다.

강력한 신문 마법을 당당히 통과한 채로.

"이게 뭐죠?"

이안의 눈앞에 대령된 커다란 구체.

정말 몰라서 묻는 것은 아니었다.

모르는 척하는 버릇이 생겨 버린 모양이다.

"마나 저장기라고 부르는 물건이네. 이 상아탑의 대부분을 움직이는 중요한 원동력이라고 볼 수 있지."

마나 승강기, 온도 조절기, 통신구 등 상아탑에 없어서는 안 될 마법 물품들을 작동시켜 주는 원동력. 그것이 바로 마나 저장기다.

"지금은 충전된 마나가 없어 색깔이 그렇지만, 마나가 충전되면 충전될수록 푸른빛을 머금는다네. 저기 저것처럼."

탑주가 가리킨 곳에도 마나 저장기가 있었다.

푸르다 못해 아주 진한 남색의 구체였다.

저장기에는 최대 3클래스 마스터 수준의 마나가 충전되는데, 충전되면 충전될수록 그 색깔이 진해져 충전된 마나의 규모를 표시한다.

"그 저장기에 마나를 주입시켜 보게나."

"전부 말입니까?"

"그래야겠지. 한계를 보려는 것이니."

"주입하는 방법은 똑같나요?"

"물론일세."

단호함이 느껴지는 탑주의 대답.

이안이 조심스레 두 손을 뻗었다. 구체에 마나를 주입시키기 위함이었다.

'적당히 숙여줄 때가 온 건가?'

여기까지는 예상했던 그대로 흘러왔다. 이제 오늘의 가장 중요한 쇼가 남았다.

'2클래스 마스터 수준의 마나만 채운다면……'

현재 상아탑이 파악한 이안의 역량은 2클래스 내지 3클래스 초입. 딱 그 예상만큼만 보여준다면? 고위 마법사들을 안심시키면서도 적당한 입지를 점하게 될 터.

'가장 나은 선택이겠지.'

최소화된 견제, 상류에 속하는 권한.

앞으로의 행보를 편히 이어갈 수 있으리라.

'지금까지도 그랬으니까.'

조작된 정황으로 첩자를 팔아넘겼다.

아이의 얼굴로 황제를 기만했다. 비약을 이용해 신문에서 빠져나갔다.

기타 수많은 상황들이 떠올랐다. 지금 이 순간 역시 마찬가지였다. 영악하게 대처해 나가면 그만이다.

그만이기는 한데.

'하지만⋯⋯.'

항상 영악했던 것은 아니다.

안일하게 대처했던 적도 많았다.

무려 두 번의 삶을 살면서도, 지금이 그랬다.

따로 노는 머리와 가슴, 어김없이 느껴지는 불만족.

가시처럼 한구석에 걸린 무언가.

'왜?'

그리 멀지 않은 곳에 존재하는 해답. 이안은 비로소 깨달을 수 있었다.

평소보다 계산적이지 못할 때의 공통점, 불만족의 원인, 한구석 가시의 정체.

'마법.'

다른 것들은 모두 양보할 수 있다.

상황을 가늠하며, 눈치를 봐가며. 겁먹은 어린아이가 되어 몸을 떨 수도, 거짓으로 남을 속일 수도 있다는 얘기다.

하나 마법만큼은 그렇지가 않았다.

마법이 필요한 순간마다 유독 즉흥적으로 변했다. 이번 생뿐만 아니라 전생 역시 마찬가지였다.

'마법만큼은……'

이안은 단지 8클래스의 마법사였다.

역사에 남을 현자도, 지도자도 아니었다.

세상을 바라보는 시야, 현명함, 지혜로움, 판단력, 그런 것들은 부족할지도 모르겠다.

단지 마법만큼은.

'다른 건 몰라도 마법만큼은.'

상아탑의 그 어떤 마법사도, 대륙의 그 어떤 마법사도, 현존하는 그 어떤 마법사도.

'나보다 위란 없다.'

실로 자존심의 끝을 달리는 생각.

이안이 본격적으로 마나를 쏟아 부었다.

일말의 망설임도 없이.

조금의 절제도 없이.

"무, 무슨……?"

순간 모두의 이목이 저장기로 집중되었다.

방금까지만 해도 푸른빛이었던 마나 저장기. 그 저장기가 빠르게 짙어지기 시작했다.

하늘색을 넘어서 파란색으로.

파란색을 넘어서 짙은 남색으로.

남색을 넘어서 검은색에 가까워질 정도로.

결국에는.

쩍! 쩌저적! 쩌적!

저장기의 표면에 금이 갈라지기 시작하더니.

쾅-!

이내 굉음을 토하며 터져 버리기에 이르렀다.

마나가 들어설 공간이 부족했으니까.

휘오오오오-!

동시에 뿜어져 나오기 시작한 마나. 그 푸른빛의 기운이 태풍처럼 휘몰아쳤다.

"으윽!"

거센 풍압에 얼굴부터 가리는 마법사들.

마음대로 작동하기 시작한 마나 승강기, 꺼짐과 켜짐을 미친 듯 반복하는 조명, 흩날리는 서류, 쓰러지는 의자.

잠잠해지기까지 얼마나 걸렸을까.

"……."

한바탕 난리 뒤에 찾아온 침묵.

누구도 쉽사리 입을 떼지 못했다.

"후우! 후우! 후우……!"

거친 숨소리가 사방에 울려 퍼졌다.

후유증이 찾아온 이안의 숨소리였다. 더 버티지 못하고 주저앉기까지 했다. 그러면서도 사람들의 면면을 살폈다.

'표정들이 가관이군.'

저장기를 가져왔던 젊은 마법사들, 2클래스나 넘겠거니 했던 고위 마법사들, 좀처럼 속내를 드러내지 않는 탑주까지도.

"이, 이게……."

헬레느가 얼빠진 목소리로 중얼거렸다. 그만큼 일련의 사태는 충격적이었다.

"이게 말이 돼……?"

급기야 저장기의 파편을 확인하는 헬레느.

주섬주섬 모아 표시된 규격부터 살폈다. 아무짝에도 소용없는 짓거리였지만.

'저런 꼬맹이가 어떻게…….'

헬레느처럼 말과 행동으로 보이지 않을 뿐.

당황한 것은 모두들 마찬가지였다. 마나 저장기가 버티지 못해 터져 버렸다.

3클래스 마스터 수준의 저장량. 분명 저 마나 저장기의 한계치다.

한데 그 한계를 넘어버린 거다.

무엇을 뜻하겠는가?

'3클래스 마스터…… 이상?'

최소 4클래스 초입 수준의 마나.

하물며 연산 능력조차 필요 없는 존재. 12번째 고위 마법사가 탄생하는 순간이었다.

2장
지켜야 하는 사람들

상아탑의 회의장은 바람 잘 날이 없었다.

이안 페이지, 이안 페이지, 이안 페이지!

오늘도 마찬가지였다. 또 이안 페이지다.

벌써 수 시간째 진행된 고위 마법사들의 회의.

"사실이었습니다. 전부 다 사실이었어요! 어디 사실뿐입니까? 벌써 4클래스의 경지랍디다. 탑주님을 제외한 여기 계신 모두와 어깨를 나란히 한다 이 말씀이요!"

중년의 고위 마법사 '로난'.

그가 흥분한 듯 열변을 토했다.

엄청난 재능임은 예상하고 있었다. 한데 그 재능이 벌써부터 자신들의 경지까지 위협하고 있었을 줄이야. 그야말로 발

등에 불이 떨어진 상황.

"그런 괴물을 길들인다? 목줄을 채워? 하려면 당장 시작해야지요. 한두 살 먹기 전에, 더 엄청난 괴물이 되기 전에 한시라도 빨리! 아카데미, 영지 파견. 그딴 거 다 치웁시다!"

마법사라면 누구에게나 주어지는 의무.

아카데미의 입학과 졸업.

총 5년간의 타 영지 파견.

그 모든 의무로부터 면제시켜 주자.

대신 가까이에 두고 일을 진행하자.

편협한 교육으로 세뇌를 하든, 오랜 세월에 거쳐 구슬리든.

그 무슨 짓을 하든지 간에.

"더는 어리고 자시고의 문제가 아니지 않습니까?"

로난을 포함한 대다수의 생각이 그랬다.

이제는 모두가 근본적인 두려움을 느꼈다.

12살 꼬마의 말도 안 되는 능력, 벌써부터 완성시킨 4클래스의 경지, 그리고 앞으로의 성장 가능성까지.

"조금 거친 감이 있으나, 옳은 말이오."

탑주 역시 로난의 말에 동조하고 나섰다.

"이안 페이지의 아카데미 입학은 시간 낭비일 뿐이지. 오히려 다른 학도들에게 위화감만 심어줄 뿐이오. 고위 마법사라는 우리조차 이토록 흔들리거늘, 이제 막 시작하는 어린 학도, 젊은 마법사들은 어떤 생각이 들겠소?"

그 말에 고위 마법사들이 고개를 끄덕거렸다.

로난의 말을 들을 때와는 사뭇 다른 분위기였다. 두려움이나 조급함을 인정하기보다는 대승적인 차원으로 접근하는 쪽이 편했으니까.

"알고들 계시겠지만, 우리가 최우선으로 추구해야 할 가치는 상아탑이란 상징성이오. 강한 마법사를 보유하면 보유할수록 상아탑의 대외적인 위상 또한 높아지는 법."

상아탑이라는 '상징성'.

상아탑의 대외적인 '위상'.

그야말로 상아탑의 권위 그 자체.

탑주는 그것을 한순간도 놓치지 않았다.

"하니 공식적으로 발표를 하는 쪽이 어떻겠소? 새로운 4클래스 마법사가 탄생했으며, 12번째 고위 마법사의 지위가 인정되었다. 다만 상아탑은 이안 페이지의 재능과 나이를 고려하여 조금 특별한 교육 과정을 선택했다…… 이 정도면 충분할 것 같소만."

결국 로난의 의견과 알맹이는 똑같았다. 하나 그 겉포장만큼은 명백하게 달랐다. 근본적인 두려움도, 조급함도 지워졌다. 후배를 향한 아낌없는 지원만이 남았을 뿐.

대의, 명분, 외부로 인식되는 모습까지.

이상적인 시나리오가 아닐 수 없으리라.

"여러분께서는 어찌 생각들을 하시는지?"

회의는 한동안 계속되었고, 마침내 끝이 났다.

✳

상아탑의 발표는 빨랐다.

12번째 고위 마법사가 탄생했다. 그것도 최연소 4클래스 마법사란다. 이미 어지간한 귀에는 전부 들어갔다.

황실은 물론 황성의 귀족 가문들. 돈깨나 굴린다는 상인들까지.

"아이고, 안녕하십니까. 저희는 하이베 상단이라고. 저쪽 상업 지구 8번 거리로 오시면 본부가 딱 있습죠. 다름이 아니라 저희 행수님께서…… 아, 일단 이것부터 받으시고."

그래서일까?

이안의 대저택 앞이 사람들로 북적거렸다.

대부분 귀족 가문에서 보내온.

혹은 상단이 보낸 사람들이었다.

"저희 행수님께서 보내신 축하의 선물입니다. 절대 부담 가지실 만한 물건은 아닙지요. 그냥 마음만이라도 전해드리고 싶다 하시더군요. 제국의 경사가 아니겠습니까?"

황성의 친 상아탑 귀족, 그리고 상인, 흐름을 타는데 도가 튼 양반들, 그런 자들이 한자리에 모였다.

저마다 웬 보따리를 하나씩 들고서.

이유가 무엇이겠는가?

"……하이베 상단이시라고?"

"네. 그렇습죠! 언제 한번 8번 거리에……."

"하이베 상단, 전해드리도록 하겠습니다."

"아이고, 감사합니다! 감사합니다!"

고위 마법사의 권력은 엄청나다. 벼슬로 따지자면 고위 관료 그 이상.

수도에 들어온 지도 얼마 전이다. 그야말로 파릇파릇한 권력의 핵, 줄을 대놔서 손해 볼 게 없으리라.

"후우……."

덕분에 레디오만 고생이 많아졌다.

방문객을 빠짐없이 받아야 했으니까.

'아무리 생각해도 이상하단 말이지.'

온갖 상단과 귀족 가문의 선물 행렬, 말이 좋아 선물이지 뇌물이나 마찬가지다.

이안이라면 당연히 받지 않을 줄 알았다. 그가 청렴한 사람이라서? 그럴 리가.

'돈도 많은 양반이 왜……?'

레디오가 의문을 가지는 이유.

단지 그뿐이었다. 이안은 돈이 많다.

최고급 보석만 한 자루에 상급까지 받았다. 돈독이 오르지 않은 이상에야 뇌물을 챙길 이유가 없다는 거다. 당연히 받지 말라고 할 줄 알았다.

'근데 거절은커녕 받으라고?'

물론 고위 마법사가 뇌물 좀 챙겼기로서니 어찌 될 일도, 어떻게 할 자도 없겠다만, 그래도 마음에 걸리는 레디오였다.

"여기가 이안 페이지 님 댁이 맞습니까?"

끝날 줄을 모르는 뇌물의 행렬.

이번에는 또 어디서 온 누구일까?

레디오가 고개를 들었다.

딱 봐도 어디 하인쯤으로 보이는 노인.

어딘가 낯이 익은 것도 같은데.

"어디서 오셨습니까?"

사뭇 기계적인 레디오의 어투.

이 짓도 계속하니 적응되는 모양이다.

"파커 가문의 가주이신 아단 파커님께서……."

"파, 파커 가문?"

크게 놀란 듯 움찔거리는 레디오.

이제야 낯이 익은 이유를 알 수 있었다.

'하필 파커 가문이라니.'

레디오를 마나 중독에 빠뜨린 마법사.

놈이 바로 파커 가문의 차남이었으니까.

당시 레디오는 파커 가문과 계약을 맺은 연금술사였다.

"어찌 그러십니까?"

"아, 아닙니다. 파커 가문이라 하셨죠?"

노인은 파커 가문의 심부름꾼이었다.

레디오를 알아보지 못하는 눈치다.

"가지고 오신 물건은 거기 두십시오."

"하면 잘 좀 부탁드리겠습니다."

계속 마주하다 보면 죽은 기억이 되살아날지 모르는 일.

후딱 물건부터 받고 보내 버리는 게 능사였다.

'그래도 이안 님이 계셔서 다행이지.'

생각할수록 무시무시한 존재다. 아니, 생각보다 훨씬 무서운 존재다.

대단한 재능임은 진즉에 알아챘다. 그렇다고 상아탑에 들어가자마자 고위 마법사의 자격까지 얻고 나올 줄은 몰랐다. 감히 상상이나 할 수 있었겠는가?

'제아무리 귀족에 마법사라 해도.'

귀족이라는 명예.

집안에서 배출된 마법사.

두 가지의 힘을 가진 파커 가문.

그럼에도 레디오는 안심이 되었다.

이안은 보통 마법사가 아니다. 무려 12살의 고위 마법사다. 고위 마법사라는 그 자체만으로도 압도적인 권력인데, 성장 가능성까지 탄탄대로다. 바로 그러한 존재의 비호를 받고 있다. 아무리 파커 가문이라도 예전만큼 두렵지는 않았다.

'정말 드래곤은 아닐까?'

어린애들이나 좋아할 법한.

딱 더글라스가 떠올릴 법한 상상.

한데도 어울리기는 어울렸다. 어느 날 이안이 갑자기 '나 사실 드래곤이었소.' 해도 고개를 끄덕일 것만 같았다.

'내가 지금 무슨 상상을 하는지 원.'

받던 뇌물, 아니, 축하 선물이나 계속 받자.

고개를 절레절레 흔들며 앞을 본 레디오.

"허어억!"

그가 기겁하며 의자를 박차고 일어났다.

파커 가문의 이름을 들었을 때보다 족히 수백 배는 더 놀란 눈치였다.

"화, 화, 황태자 전하……?"

당혹스러움으로 가득한 레디오의 목소리.

"황태자?"

"황태자 전하라고?"

목소리가 너무 컸던 탓일까.

저택 앞 모든 사람들이 뒤를 돌아봤다. 먼발치에서 다가오는 무리들.

제2 황실 기사단과 금발의 미남자.

아무리 봐도 황태자가 분명했다.

"황태자 전하 납시오!"

병사의 외침 한마디에 저택 앞 모든 이들이 좌우로 갈라져 넙죽 엎드렸다. 딱 한 사람, 레디오만을 제외하고.

'설마 내가 맞이해야 하는 건가?'

현재 이안은 외출 중이다.

베네사 또한 하녀 몇과 장을 보러갔다.

남는 것은 오직 레디오 자신뿐, 미치고 팔짝 뛸 노릇이었다.

'이런 염병할······.'

평범한 귀족도 아니고 황태자다.

멀뚱멀뚱 서 있을 수도 없는 일.

냉큼 튀어가 황태자 앞에 엎드리는 레디오였다.

"화, 황태자 전하! 어인 행차시옵니까!"

"음? 네놈은?"

황태자가 의아한 눈으로 레디오를 바라봤다.

이안이 나올 거라 여겼던 모양이다.

"소, 소인은 이안 님의 연금……."

"아아! 얼굴을 보니 기억나는구나. 이안과 함께 왔던 그 집사가 아니더냐?"

일생일대의 갈등에 빠진 레디오.

잘못된 사실을 정정해야 하는 걸까?

아니면 이대로 넘어가야 하는 걸까?

"그, 그렇습니다! 소인 페이지 가문의 집사 레디오라고 하옵니다. 미천한 소인 따위를 기억해 주시니 대대손손 영광이옵니다! 예!"

어느 때보다 치열했던 선택은 후자였다.

말이 길어져 봐야 좋을 건 없으니까.

따지고 보면 집사가 맞는 것 같기도 하다.

"한데 이안은 어디 있는 게냐? 내 직접 의형제나 다름없는 아우의 고위 마법사 등극을 축하해 주러 왔거늘."

황태자는 유독 '의형제'를 강조했다.

주변의 모두에게 들릴 정도로.

"이, 이안 님께서는 지금 외출 중에 있사옵니다."

"외출? 어디를 갔단 말이냐?"

"자세한 행선지는 모르옵고, 무언가를 사러 간다는 말씀만 남기셨습니다. 저녁 식사 전까지는 돌아오시겠다면

서……."

이런 얘기를 막 해도 되는 건지는 모르겠다.

일단 뭐라도 던지고 봐야 하지 않겠는가?

"흐으으음……."

이안의 부재에 실망한 듯 보이는 황태자.

하나 그것도 잠깐일 뿐이었다.

"그래 뭐, 기별 없이 찾아온 내 잘못이지."

황태자의 발언에 제2 황실 기사단 전원이 흠칫 놀랐다. 기별 없는 방문이야말로 황태자의 오랜 악취미 아니던가? 한데 지금 뭐가 어쨌다고?

"저녁 식사까지라, 못 기다릴 것도 없겠군. 저택에 들어가서 기다릴 터이니 네놈은 하던 일이나 마저 보아라."

심지어 레디오의 어깨를 툭툭 쳐주더니 저택 안으로 들어가는 황태자. 그 모습에 단장 올리버조차 눈 아래를 씰룩거렸다. 좀처럼 보기 드문 단장만의 표정 변화였다.

'손해는 메꿔줘야지.'

들어오는 선물을 거절하지 말고 받아라.

이안이 레디오에게 그리 말해둔 까닭.

정의하자면 일종의 '보상 심리'였다.

보다 냉철하고 계산적으로 행동했을 때 얻을 수 있었던 이익. 그것들을 시원하게 말아먹었다. 하면 지금의 판단이 낳아준 결과라도 챙겨놔야지 않겠는가?

'후련하긴 해.'

그렇다고 후회는 되지 않았다.

두 번의 삶을 살면서도 이 모양이다.

마법만큼은 양보하기가 어려웠다.

별수 없는 불치병인 것 같다.

'앞으로가 좀 문제겠다만.'

이안은 상아탑의 잘 포장된 발표를 보자마자 직감할 수 있었다. 아, 이놈들 쫄리긴 엄청 쫄리나 보다. 갑자기 나타난 꼬맹이가 자신들의 경지를 넘봐? 오싹할 수밖에 없으리라.

'하기야, 나 같아도 무섭겠다.'

누구보다 우월하다는 자존심. 지금까지 키워온 마법적 노력.

전부 다 부정당한 기분이겠지.

목줄을 채우고 싶어서 안달이 났을 거다.

'문제라면 적이 생긴다는 건데.'

최연소 4클래스 고위 마법사의 탄생.

시끌벅적한 만큼 적도 많이 생겨날 터.

"별의별 놈들이 다 있으니까."

앞으로 이안에게 반감을 가질 만한 존재, 혹은 다수의 무리를 이룬 특정 세력. 그런 놈들이 가장 먼저 무엇을 찾겠는가?

'내 유일한 약점.'

이안은 약점이라 표현하고 싶지 않았다.

하나 냉정한 눈으로 스스로를 바라봤을 때 적으로 하여금 명백히 약점으로 비춰질 존재.

'어머니.'

그렇다. 어머니밖에는 없다. 해서 준비가 필요했다. 되도록 이안의 손으로 어머니를 지킬 수 있는, 언제든 어머니의 위치와 안전을 확인할 수 있는 무언가가.

'그런 도구가 있긴 하지.'

어느덧 이안의 발길이 닿은 상업 지구, 그중 '마도 공학의 거리' 한복판에 도착했다.

고심 끝에 이안이 선택한 것은 마법.

정확히는 마도 공학자들이 만든 물건이었다.

물론 마도 공학이라고 해봐야 돈 많은 자들의 일상을 돕는 생활용품이 전부다. 전체적인 기술력 자체가 그 정도 수준에 머무는 까닭이 첫 번째요, 상아탑의 철저한 관리 감독 아래 굴러가는 산업임이 두 번째 이유였다.

'애당초 마법사가 없었으면 불가능한 기술.'

마법사와 마도 공학.

떼려야 뗄 수 없는 관계라고 볼 수 있다.

마도 공학의 핵심은 단언컨대 마나다.

마나가 있어야 실험과 제작이 가능하다.

히면 그 미니를 이디에서 공급받겠는가?

'상아탑.'

마법사는 강하다. 하나 그 강함만 앞세워 현재의 위상을 이룬 것은 아니다. 연금술은 물론 건축, 의술, 보석 세공, 마도 공학까지. 인간의 생존과 문명 전반에 걸쳐 관여되지 않는 곳이 없었다.

'어머니가 직접적으로 쓸 만한 물건은 없지만.'

대신 '통신구'가 있다. 민간용이 아닌, 제국의 통신 역참에서나 사용되는 고성능 통신구. 그 성능만큼 무시무시한 가격을 자랑하기도 한다. 이안은 바로 그 통신구를 원했다.

'돈이야 다시 모으면 그만이고.'

지금도 모이고 있지 않겠는가?

저택 앞으로 쇄도하고 있을 선물의 세례.

구 상아탑에 두고 온 보석들까지 존재한다.

딸랑!

규모가 제법 큰 마도 공방의 문을 연 이안.

문 안쪽에 달린 방울이 찾아온 손님을 반겼다.

"어이, 반스! 설계도 가져와! 설계도!"

"네, 넵!"

시끌벅적한 공방의 내부.

가장 먼저 마도 공학자들이 보였다.

겉보기로는 대장장이와 비슷한 일을 하지만, 이쪽은 그들처럼 근육과 열기, 땀으로 가득하지 않았다. 오히려 호리호리한 체격의 사람이 대다수였다. 뿐만 아니라 쾌적한 온도가 유지되어 땀은커녕 뽀송뽀송할 지경이었다.

"저장기도 소형 세 개만 가져오고. 꽉 찬 놈으로!"

"알겠습니다!"

다양한 크기의 마나 저장기만 수백 개.

아직 제작이 끝나지 않은 마법 물품들.

미완의 마나 승강기, 마나 랜턴, 통신구 등.

그 부품들이 여기저기에 나뒹굴고 있었다.

'언제봐도 딴 세상 같군.'

이곳의 이름은 '스람의 공방'.

그린리버 제국에서 가장 으뜸가는 공방으로, 황실과 상아탑으로 들어가는 마법 물품 대부분을 납품부터 유지 및 보수까지 책임지는 '마도 공방'이었다.

"비켜!"

마도 공학자들의 잔심부름에 한창인 소년.

녀석이 이안을 지나치며 중얼거렸다.

바빠 죽겠는데 길은 왜 막고 서 있어?

마치 그러한 눈빛과 어투를 쏘아대며.

"반스 인마! 빨리 안 오고 뭐해?"

"가, 갑니다! 가요! 선배님!"

그것도 잠시.

선배들의 불호령에 냅다 뛰어간다.

수습 마도 공학자인 모양이다.

"무슨 일로 오셨습니까?"

바로 그때 이안을 부르는 목소리.

이번에는 소년이 아닌 중년의 남자였다.

차림새를 보아하니 관리자쯤 되어 보인다.

'마법부터 보여주고 공방주만 만날까?'

잠시 고민했던 이안이 생각을 바꿨다.

큰 거래다.

공방 내부적으로는 이야기가 돌 수밖에 없다.

한두 푼짜리 물건이 팔려나간 게 아니니까.

이럴 땐 오히려 강렬한 인상을 심어두는 편이 좋다.

마법사란 지위는 좀 더 결정적인 순간에 터뜨리는 거다.

그래야 차후 입막음에도 무게감이 더해지리라.

"물건을 좀 사려고 왔습니다만."

"어떤 물건을 찾으시는지요?"

"통신구부터 볼까합니다."

"아, 이쪽으로 오시죠."

관리자는 이안을 형형색색의 하급 통신구가 진열된 곳으로 안내해 줬다. 가장 흔히 사용되는 통신구였는데, 주로 방과 방 사이나 층과 층 사이의 소통을 돕는 물건이었다.

"다른 물건은 없습니까?"

"이 이상 등급은 가격대가 조금……."

"통신 역참에 설치되는 물건이 있을 텐데요."

"……?"

순간 잘못 들은 건가 싶었던 관리자.

주변의 마도 공학자들도 마찬가지였다.

그들이 쏘아대는 눈총은 정말이지 한결같았다.

'저 꼬마 놈이 뭔 미친 소리를 하는 거야?'

딱 그러한 눈빛들.

비단 눈빛에서 끝나지 않았다.

"푸흡! 별게 다 와서 웃겨주는구먼."

"나리께서 지금 뭘 사시겠다고?"

"반스, 뭐하고 섰냐? 가서 대부호님 모셔야지."

비웃음이 섞인 목소리들. 조금 과한 감이 있긴 하나 반응 자체가 틀린 것도 아니었다. 다른 이유는 없다. 저 반응이 당연할 만큼, 딱 그 정도로 비싸다.

"그만하시게! 무례하지 않나?"

그나마 예의를 지키는 관리자였다. 물론 눈앞에 소년이 고성능 통신구를 구매할 거라고 믿지는 않았다. 단지 차림새로 봤을 때, 나름 가진 자의 자식일 거라 판단했을 뿐.

"죄송하지만, 손님께서 원하시는 통신구는 판매가 어려운 물건입니다."

"판매 자체가 금지된 건가요?"

"그런 건 아닙니다만. 일단 가격부터 지불하실 만한 수준이 아니고요. 이 정도 물건은 상아탑의 허가도 받아야⋯⋯."

"그럼 사겠습니다."

자신 있게 말하며 자루를 내려놓는 이안.

아무래도 저 자루에 돈이 든 모양인데.

'거 참.'

제법 묵직한 자루였지만 그게 전부다. 저 자루가 금화로 가득하다 해도 고성능 통신구는 구입이 불가능하다. 산산조각난 통신구의 조각을 사는 게 아닌 이상.

'말이 안 통하네.'

관리자도 슬슬 귀찮아지기 시작했다.

못 산다면 못 사는 거지 말귀를 못 알아듣나?

말투로 보아하니 귀족도 아니다.

적당히 하고 쫓아내야겠다 싶었다.

"휴우, 손님? 제 말은 그게 아니라……."

한숨 섞인 목소리로 대답하는 관리자.

그러든 말든 이안은 내려놓은 자루의 주둥이를 풀어헤치기 시작했다.

"그 자루에 금화가 얼마나 들었든 간에."

"금화 아닙니다."

"고성능 통신구는…… 예?"

그러고는 자루 속의 내용물을 공방 바닥에 펼쳐 보였다. 결코 금화 따위가 아니었다. 아마 같은 무게로 치자면 금화보다 족히 수만 배는 더 비쌀 보석들.

"어…… 어?"

마도 공학자들은 물론 관리자조차 할 말을 잃었다.

아까는 잘못 들었나 싶었는데, 이번에는 헛것을 보는 건가 싶었다. 대체 발아래 보이는 저것들이 다 무엇이란 말인가?

"보석이죠."

"무슨……."

"최고급입니다."

"초, 최고……."

그래, 딱 봐도 알겠다. 최고급 보석인거.

괜히 최고급이라 분류되는 것이 아니니까.

무려 마나 세공법을 거쳐 탄생한 보석.

평범한 보석과는 그 궤를 달리 한다.

모르는 사람이 봐도 단박에 느낄 수 있다.

특유의 자태, 빠져드는 영롱함, 완벽한 강도.

"부족한가요?"

바쁘게 돌아가는 관리자의 눈과 머리.

부족하냐고? 고성능 통신구의 값으로?

관리자로서는 감히 판단을 내릴 수가 없었다.

저 보석들의 값어치를 정확히 측정하기도 어려울뿐더러, 고성능 통신구 한 쌍의 정확한 가격조차 모른다. 애당초 자신은 판매할 수 있는 권한자가 아니니까.

"그, 그것이……."

다만 이로써 두 가지는 확실해졌다.

눈앞에 소년은 말귀가 어둡지도, 고작 시답잖은 장난이나 치려고 공방을 찾아오지도 않았다는 점. 또한 진심으로 고성능 통신구를 구매하고자 이 자리에 있다는 점까지.

"자, 잠시만 기다려 주시겠습니까? 제가 판단할 수 있는 사안이 아닌지라……."

그렇겠지.

이게 얼마짜리 거래인데.

조용히 고개만 끄덕거리는 이안이었다.

"고, 공방주님!"

얼마나 기다렸을까.

누군가의 등장에 잔뜩 긴장한 공학자들.

이제 막 청년을 넘어서 중년에 들어설 나이.

공방주 '스람'이 분명했다.

'흑발?'

스람은 대륙에서 보기 드문 흑발의 소유자였다.

머리칼이 하얗게 세어버린 노년의 모습만 기억했던 이안으로서는 감회가 새로웠다. 시간을 거슬러 올라온 이안의 제법 쏠쏠한 여흥이었다.

"잠시 실례하겠습니다."

흑발의 스람이 보석을 살폈다.

보석 보는 안목도 뛰어난 듯 보인다.

"음."

보석이 진품임을 확인한 스람.

그가 이안을 바라보며 말했다.

"먼저, 고성능 통신구는 상아탑의 허가 없이 판매할 수 있는 물건이 아닙니다. 웬만해서는 허가를 내려주지도 않죠. 가격을 떠나서 사실상 판매가 불가능합니다."

구구절절 옳은 얘기였다.

통신 역참처럼 황실과 상아탑, 영지의 합의로 세워지는 국가적 기관이 아닌 이상에야 구입은 고사하고 존재조차 모르는 이들이 수두룩하다. 더군다나 민간용 통신구와는 달리 엄청난 양의 마나를 필요로 하는데, 이런 물건을 어찌 민간인에게 판매할 수 있을까?

"또 이 정도의 재력을 동원할 수 있는 인물이나 상단. 제가 알기로는 흔치 않은 걸로 압니다. 그러니 신분부터 밝혀 주셔야겠습니다. 누군가의 심부름을 오신 것 같은데, 납득할 만한 신분이 아니라면 이 보석들, 장물로 간주할 수밖에 없습니다."

보석의 출처까지 의심하는 사람이었다.

엄밀히 따지자면 장물이 맞기는 하다만.

그렇다고 인정할 수도 없는 노릇.

마침 이안에게는 적절한 신분이 있다.

"우선 그 허가부터 내려드리죠."

"……그게 무슨 말씀이신지?"

대답 대신 가볍게 손짓하는 이안.

그러자 바닥의 보석들이 허공으로 떠올랐다.

누가 봐도 명백한 마법의 힘이었다.

"마법……?"

겉보기에는 간단한 마법처럼 보인다. 하나 물체를 띄우는 마법은 절대로 쉬운 마법이 아니다. 오히려 고위 마법에 속하는 주문. 스람은 그 사실을 정확히 알고 있었다. 마도 공학을 연구하는 장인으로서 어지간한 마법적 이론은 익혀뒀으니까.

'혹시.'

눈앞에 꼬마의 나이라면 아직 아카데미 입학 전이거나, 입학 하고도 몇 년 지나지 않았을 나이. 한데 저 정도 고위 마법을 완숙하게 부린다? 짚이는 부분이 딱 하나 있었다.

며칠 전 발표된 상아탑의 최연소 고위 마법사, 그 이안 페이지라는 소년이 분명 12살이라고 했다.

"호, 혹시 그……?"

"그 혹시가 맞을 겁니다."

"허억!"

어디 귀신이라도 본 마냥 기겁을 하는 스람이었다.

"제, 제가 몰라 뵙고 무례를 저질렀습니다!"

보통 납품과 관련된 거래는 신출내기 마법사들이 진행한다.

제아무리 공방주라 할지라도 고위 마법사란 쉬이 접할 수 없는 존재. 그들은 그저 높은 곳에서 허가와 불허를 결정하는 미지의 권력자일 뿐이다.

"부디 선처를……!"

분명 그랬거늘 이게 웬 날벼락이란 말인가?

그냥 마법사도 아닌 고위 마법사라니. 이런 인물이 어째서 공방까지 찾아왔을까?

"아닙니다. 몰라보는 게 당연하죠."

빙그레 웃어준 이안이 보석을 정리했다. 물론 마법의 힘으로 간단하게.

그러고는 사람에게 오른손을 내밀었다.

"정식으로 인사드리겠습니다. 이안 페이지입니다."

"고, 공방의 총책임을 맡고 있는 사람이라고 합니다! 이렇게 만나 뵙게 되어 진심으로 영광입니다!"

이안의 손을 두 손으로 잡는 사람.

무려 4클래스의 고위 마법사다.

나이 따위가 눈에 들어올 리 없었다.

분명 마도 공학자들이 요란을 떨었을 터. 공방의 존폐가 달린 중차대한 상황이다.

"그럼 이제 통신구를 좀 구경할 수 있을까요?"

"여부가 있겠습니까? 이쪽으로."

사람의 극진한 안내를 받으며 지하로 내려간 이안.

그 모습에 사색이 되어가는 공학자들이었다.

"뭐, 뭐야 지금?"

처음에는 상황 파악조차 제대로 되지 않았다.

"아까 그거 마법 맞지?"

"가만…… 이안 페이지라고?"

"그 새로운 고위 마법사라는…….'

한데 시간이 지나면 지날수록 완료되었다.

그 상황 파악이라는 놈이.

"마, 망했다."

마도 공학자들의 반응이야 말할 것도 없고.

"……내가 한숨을 쉬었던가?"

이안을 접대했던 관리자는 자신의 행동을 천천히 되짚어

봤다.

"나, 나는…….'

반면 공방의 막내 반스는 울상이 되어버렸다.

이안을 향해 비키라고 소리쳤던 순간이 떠올랐으니까.

도대체 왜 그랬을까? 이제 죽는 걸까?

저마다 오만가지 생각이 주마등처럼 스쳐 지나갔다.

'입막음도 대충은 된 것 같고.'

입막음의 핵심은 협박이다.

간단하고 효율적인 협박을 해뒀다.

상아탑에서도 고위 마법사만 통신구의 구매 사실을 안다.

만약 이 정보가 외부로 유출될 경우, 이안 자신은 공방을 의심하지 않겠으나 다른 고위 마법사들의 생각까지는 모르겠다. 어쩌면 대응이 과격할 수도 있다. 조금 많이.

'이럴 때는 확실히 상아탑이야.'

사람들에게 상아탑이란 존경과 더불어 공포의 존재.

입막음의 효과는 생각 이상으로 대단할 터.

'일단 한시름 덜었네.'

이안의 손에는 보석 자루 대신 철제 상자가 들려 있었다. 고성능 통신구 한 쌍이 담긴 보관함이었는데, 이래 보여도 보호 마법만 몇 겹으로 걸어둔 무적의 상자였다.

'어머니만 안전할 수 있다면.'

실로 엄청난 금액을 한순간에 불태웠다. 이로 인해 몇 가지 자잘한 문제가 발생할지도 모른다. 하나 그것들은 모두 이안이 감당할 문제. 그보다는 어머니께 발생할지 모르는 이변의 대응책부터 마련해 두고 싶었다. 덕분에 마음만큼은 든든했다.

'근데 이걸 어떻게 드린다?'

생각보다 큰 덩치를 자랑하는 고성능 통신구.

두 주먹을 맞댄 것과 호각을 이루는 크기.

장신구의 형태로 만들기는 어렵겠고, 아예 지팡이처럼 만들어드릴까?

'아직 지팡이 짚으실 나이는 아니지.'

어머니가 마법사였다면 또 모를까.

지팡이 쥘 나이는 한참 이르다.

30세, 아직 생일 전이니 29세.

한창때가 아니겠는가?

"흐음."

그렇다고 그냥 드릴 수도 없다.

항상 품에 지니고 다녀야 하는 물건이다. 큼직한 구슬의 형태만으로는 잊어버리기도 쉽고, 잃어버리기도 쉽다. 무언가 특단의 조치가 필요한 상황.

'가격을 말씀드리면 잃어버리진 않으시겠다만.'

대신 어머니가 영혼을 잃어버릴지도 모른다.

통신구를 본인보다 높은 존재로 취급하시겠지.

가격만큼은 무슨 수를 써서라도 감춰야 한다.

'천천히 생각하자. 천천히.'

문득 하늘을 올라다본 이안.

맑았던 하늘에 어둠이 깔리기 시작했다. 어머니께 분명 저녁 식사 전까지 돌아오겠다고 약속했거늘, 이러다간 늦어버리게 생겼다.

'분명 팥 파이를 만들어 주신다고 했는데.'

어머니의 '특제 팥 파이'.

이안이 가장 그리웠던 음식 중 하나.

전생에는 그 어떤 요리사가 만들어 대령해도 느낄 수 없었던 그 맛, 상상만으로 군침이 도는 그 맛! 오늘 드디어 한을 풀게 생겼다.

'두 발로 뛸 때가 아니군.'

무릇 팥 파이는 뜨거울 때 먹어야 제 맛이다.

이대로는 식어빠진 파이만이 기다릴 터.

"플라이."

이안이 작은 목소리와 함께 술식을 펼쳤다.

인간에게 비행을 허락해 주는 플라이 주문.

물론 그 지속 시간은 길어봐야 30초. 부담스러운 마나 소비와 느려터진 속도로 거의 사용되지 않는 마법이지만, 활용법이 아주 없는 것도 아니다.

"위로."

이윽고 이안의 몸뚱이가 일직선으로 떠오르기 시작했다. 지속 시간이 끝나기 직전까지 오르다보니 어느덧 성벽과 눈높이가 맞았다. 저 멀리 목적지인 대저택도 보인다.

'윈드.'

이어지는 기초적인 바람 마법. 기초 중에 기초라고는 하나 마법사의 실력에 따라서 그 풍력을 어마어마하게 늘릴 수 있는데, 이안의 경우가 딱 그랬다. 아주 매서운 바람이 불어와 이안의 몸을 저택 방향으로 떠밀어주기 시작했으니까.

후우우웅!

뛰는 것보다 족히 수십 배는 빠르게 대저택을 향하는, 정확히 표현하자면 내리꽂히기 시작한 이안의 몸뚱이. 그 와중에도 통신구가 든 보관함을 꼭 끌어안은 모습이 일품이라면 일품이었다.

"패더 폴."

마무리는 역시나 패더 폴.

저속 낙하 주문이 내리꽂히던 이안의 몸을 보좌해 줬다.

낙하지점은 정확하게 저택의 대문 앞.

"음?"

한데 저택 앞으로 웬 사람들이 보였다. 지금까지 선물을 가져오지는 않을 텐데.

이안이 두 눈에 마나를 집중시켰다.

'기사들?'

은빛의 망토로 보아 제2 황실 기사단. 인즉 황태자를 호위하는 직속 기사단이 분명했다.

탁!

바랐던 그대로 대문 앞에 착지한 이안.

당연하게도 기사들의 이목이 쏠렸다. 몇몇은 크게 놀라며 칼까지 뽑아든다.

"이안 님……?"

가까스로 이안을 알아보는 젊은 기사.

이안이 그를 향해 물었다.

"황태자 전하께서 오셨습니까?"

"아, 예! 그렇습니다. 얼른 저택 안으로 들어가 보시지요. 아까부터 기다리고 계십니다."

기사의 말에 불안함을 느끼는 이안이었다.

최근 들어 부쩍 호의적인 모습을 보여준다고는 하나, 근본적으로 틀려먹은 놈이 아니던가? 감히 황태자를 기다리게 했다며 난리를 피웠을 가능성도 배제 할 순 없으리라.

'설마.'

어머니께 해코지를 하지는 않았겠지?

그런 사태가 벌어졌다면 곤란하다.

오늘부로 최악의 반역자가 될지도 모르는 일. 마음을 굳힌 이안이 저택 안으로 들어섰다.

'음?'

저택의 내부로 들어서는 복도.

단장 올리버가 그 길목을 지키고 있었다.

혼자임에도 일절 흐트러짐 없는 모습. 누군가의 기척을 느끼며 고개를 든다.

작은 소년, 이안 페이지였다.

'뭐지?'

한데 그 소년에게서 느껴지는 기운.

미미하지만 살기가 분명하다.

저대로 들여보낼 수는 없는 일.

"멈추십시오."

이제는 올리버 자신보다도 상위의 존재. 적절한 예우를 지키며 앞길을 막아섰다.

족히 두 배 이상 차이 나는 덩치. 그럼에도 팽팽함만큼은 호각을 다퉜다.

"왜 막는 겁니까?"

이안이 낮게 으르렁거렸다.

이렇듯 막아서니 더더욱 불안해졌다.

정말 무슨 일이라도 일어나고 있는 걸까?

'무슨 어린 놈 살기가…….'

작은 체구에서 뿜어져 나오는 기운.

은은한 살기, 요동치는 마나. 그것이 점점 더 불어났다.

척

검의 손잡이로 손을 가져간 올리버.

이안 역시 마나를 끌어모았다.

일촉즉발의 대치 상황.

그때였다.

"단장님!"

저택 바깥에 대기 중이었던 젊은 기사.

이안을 가장 먼저 알아봤던 그가 저택 안으로 헐레벌떡 들어왔다.

"요리사들이 요청한 식재료가 지금 밖에……."

더 이상 말문을 이어가지 못하는 기사였다.

"도착했는…… 데……."

분위기가 심상치 않음을 느낀 탓이다.

"요리사? 식재료? 무슨 소리죠?"

이안은 기사의 말을 이해하지 못했다. 다짜고짜 무슨 요리사고 식재료란 말인가?

"어, 황태자 전하께서 황실의 요리사들을 호출하셨습니다. 한데 저택의 식재료가 부족하다 하여 지금 황궁에서……."

연신 눈치를 살피며 설명하는 기사, 그 설명에 이안이 마나를 거두었다. 불안감이 피워낸 살기 또한 사그라졌다.

"드, 들여보내도 괜찮겠습니까?"

무려 황태자가 직접 명령한 식재료다.

한데도 기사는 이안에게 허락을 구했다.

그만큼 아까의 분위기가 심상치 않았으니까.

"……그렇게 하세요."

이안의 기세가 완전히 누그러지자 올리버 역시 검에서 오른손을 뗐다. 막아섰던 길목도 비켜줬다.

"죄송합니다. 오해가 있었군요."

사과의 말과 함께 올리버를 지나친 이안, 그 뒷모습을 우두커니 바라보는 올리버였다.

'오해라.'

어떤 오해를 한 건지는 예상이 된다만.

방금 보여줬던 살기, 기세, 그것은 결코 어린아이의 것이 아니었다.

'벨 수 있었을까.'

이안과 대치했던 일 분 남짓의 시간.

올리버가 떠올린 생각은 오직 그뿐이었다.

만약 내기를 건다면 어느 쪽에 걸었을까? 제국 제일이라는 올리버 자신의 검? 4클래스 고위 마법사 이안의 마법?

'마법에 거는 쪽이 좋겠군.'

올리버가 씁쓸하게 웃었다.

지독할 정도로 현실적인 판단.

꼬마에게조차 승리를 장담키 어렵다니.

'더 강해져야 한다.'

현 황제와의 하나뿐인 약속.

끝까지 황태자를 지켜달라는 약속.

그 약속을 지키기 위해서라도.

다짐을 굳힌 올리버가 이안의 뒤를 따랐다.

황태자의 곁을 지키기 위함이었다.

"그게 정말이오? 페이지 부인?"

이안의 목적지는 저택의 식당.

그곳에서 목소리가 들려왔다.

"정말로 이런 걸 좋아한단 말이오? 이안이?"

"틈만 나면 찾는 음식이온데……."

가장 먼저 들려오는 황태자의 목소리.

뒤이어 베네사의 목소리도 들렸다.

커다란 식탁을 홀로 차지하고 앉은 황태자.

앞에 놓인 그릇에 팥 파이가 담겨 있었다.

딱 한입만 잘라먹은 모양새였다.

"허! 이해할 수가 없군. 구워진 진흙 맛이 나거늘, 어째서 이런 파이에…… 어렵게 자라서 그런 건가?"

팥 파이를 향한 황태자의 혹평이 펼쳐졌다.

이안의 입맛을 이해할 수 없다는 듯 고개까지 흔든다.

"내 페이지 부인의 정성을 봐서 맛보기는 했소만……."

끝내 포크와 나이프를 내려놓은 황태자.

그가 조리실을 바라보며 소리쳤다.

"요리는 아직 멀었는가?"

황태자의 외침에 젊은 황실 요리사가 땀을 뻘뻘 흘리며 달려 나왔다. 누가 봐도 곤혹스러운 기색이 역력했다.

"저, 전하! 방금 추가적인 식자재가 도착했사옵니다. 이제 정말 금방이면 되오니 조금만 더 시간을⋯⋯."

"아직도?"

"그, 금방 만찬을 대령하겠사옵니다!"

"흐으음⋯⋯."

황태자의 심기가 또다시 불편해졌다.

두 눈을 감고 고민하기에 이르렀다.

계속 봐주는 것도 위엄이 빠지지 않을까?

'아니지, 아니야.'

귀족이나 상아탑 놈이었다면 불호령을 내렸을 터. 그러나 상대는 한낱 요리사일 뿐이다. 무릇 미천한 자에게 베푸는 자비로움이야말로 군왕의 도리가 아니겠는가? 분명 그러한 문구를 읽은 기억이 난다. 어디서 읽었는지는 잘 모르겠지만.

"알겠다. 대신 최고의 식사를 준비해야 할 것이야. 내 의형제나 다름없는 이안과 그 어머니에게 일생일대의 만찬을 대접할 수 있도록. 내 말 명심하겠지?"

"모, 모든 것을 바쳐 준비하겠습니다!"

"좋아. 믿어보겠어. 가봐."

요리사를 돌려보낸 황태자가 다시금 팥 파이를 바라봤다.

어떻게 이런 걸 먹고 살 수 있을까?

지금까지 이런 파이를 먹고 자랐다고?

눈빛만 봐도 읽혀지는 황태자의 속마음.

"황태자 전하."

잠시 기다렸던 이안이 식당 안으로 들어왔다.

더 기다렸다간 팥 피이 금지령이라노 내릴 기세였으니까.

"오! 이게 누구야? 상아탑의 고위 마법사 이안 페이지 공이 아니신가?"

정말이지 격하게도 반겨주는 황태자.

이안은 새삼 당황스러울 지경이었다.

잠깐이나마 살심을 품었던 것이 미안해질 정도로.

'뭐, 적대적인 것보다야 낫겠지.'

좋게 마음을 먹은 이안이 고개부터 숙였다.

"소인을 오래 기다리셨다고 들었습니다."

"그래. 좀 기다리긴 했지."

"송구하옵니다."

"송구할 것까지는 없고, 설마 식사를 하고 왔다거나 그런 건 아니겠지? 그렇다면 조금 송구해야 할 것도 같은데……."

급기야 농담까지 건넨다.

어디서 뭘 잘못 먹기라도 한 건가?

설마 어머니의 팥 파이를 먹어서?

별의별 생각이 다 떠오르는 이안이었다.

"계속 서 있지 말고 거기 앉지. 페이지 부인도 앉으시고. 곧 만찬이 준비될 예정이니까. 아마 깜짝 놀랄걸? 세상천지에 이런 음식이 있었나! 하면서 말이지. 하하!"

그리 말하며 팥 파이 그릇을 톡톡 치는 황태자. 이제 치워도 된다는 무언의 명령이었다.

"잠시 실례하겠사옵니다."

"음."

재빨리 팥 파이 그릇을 치워 버린 하녀. 그 모습을 그저 멍하니 바라보는 이안.

저 파이 하나 먹겠답시고 하늘까지 날았거늘.

한참 넋을 뺐던 이안이 가까스로 정신을 차렸다.

어느새 황태자의 옆으로 올리버가 다가와 있었다.

"전하, 하사하실 물건이 있으시지 않습니까?"

올리버가 황태자의 귓가에 속삭였다.

아무래도 방문의 목적이 따로 있는 모양.

"아아! 이거 내 정신 좀 보게."

황태자 역시 생각난 듯 손뼉을 탁 쳤다.

목청까지 가다듬고는 이안을 바라본다.

"크흠! 내 이렇듯 갑작스레 방문한 이유는 간단하다. 고위 마법사로 등극했다는 소식을 들었지. 해서 친히 축하의 말을 건네주고자 온 것이야. 미리 기별을 주지 못해 기다렸다만, 그 정도야 뭐, 우리가 어디 보통 사이더냐?"

"성은이 망극……."

"어허, 아직 망극하기는 일러. 황태자 체면이 있지, 설마 빈말 따위로 축하를 건네겠느냐? 나라는 존재를 너무 모르는군."

황태자의 손짓과 함께 하녀들이 움직였다. 그들은 곧 비단으로 포장된 함을 하나 대령해 왔는데, 그 크기나 소리로 미루어봐서 단순한 재물은 아니었다.

"열어봐라. 어렵사리 가져온 선물이니까."

어렵사리 가져왔다? 대체 무엇이기에?

비단부터 풀어낸 뒤 내용물을 살펴본 이안.

목함 안에 담긴 것은 자그마한 크기의 호리병이었다.

'액체?'

호리병 안에는 명백한 액체가 담겨 있었다.

황실 비전의 엘릭서라도 가져온 걸까?

그렇다면 두 팔 벌려 환영할 일이다.

애당초 이안의 목적이 아니었던가.

"이게 무엇이옵니까?"

이안이 모르는 척 황태자를 바라봤다.

"엘릭서라고, 들어는 봤겠지?"

"예. 알고 있습니다."

"그럼 얘기가 빠르겠군. 황실 대대로 내려오는 귀한 엘릭서다."

이안의 예상이 정확하게 적중했다.

"특히 이놈은 나도 일 년에 한 번 간신히 마셔볼 수 있는 놈이지."

황실의 비전 엘릭서라면 아무리 최하품이라도 큰 도움이 된다. 역대 황제들의 장수 비결이나 마찬가지니까. 꼭 마나 증진의 효과를 누리지 못하더라도 손해 볼 게 전혀 없다는 얘기다.

하물며 황태자조차 일 년에 한 번 꼴로 접하는 엘릭서? 그 정도면 필시 상품 이상의 비전 엘릭서일 터.

"내 너의 그 빠른 성장세에 도움이 될까 하여 냉큼 챙겨왔느니라. 아바마마가 아닌, 내가 직접 내리는 첫 하사품이니만큼 사양치 말고 마시도록."

그래, 그렇게 말하지 않아도 사양하지 않을 참이다.

생각을 갈무리한 이안이 호리병의 뚜껑부터 열었다.

붉은색 액체가 몽롱한 향을 유혹하듯 풍겼다.

당장 입 속으로 털어넣고 싶은 욕구가 밀려왔다.

"자, 어서."

기대감으로 잔뜩 부푼 황태자의 재촉과 함께.

호리병 주둥이에 입술을 가져가는 이안.

"……."

그가 멈칫하며 입술을 떼버렸다.

영 좋지 않은 기억이 떠오른 탓이었다.

황제 라그나르에게 독살을 당했던 순간.

그때와 크게 다를 바가 없었다.

황족, 황족의 방문, 황족이 권하는 액체.

'그럴 리는 없겠지만.'

그래. 알고 있다. 경우가 전혀 다름을.

황태자는 이렇듯 대범하게 독살을 시도할 그릇이 못 된다. 평범한 독으로는 마법사를 죽일 수도 없다. 30년 후 라그나르가 준비했던 독약 또한 지금 존재할 리 만무하다.

'엘릭서도 정상이야.'

엘릭서의 상태가 결정적인 증거다.

아주 민감한 조제 과정을 거치는 엘릭서다. 조금이라도 불순물이 섞일 시 그 특유의 빛깔과 향을 잃는다. 색은 탁해지며, 냄새는 역해진다.

"후우."

이안이 상황을 차곡차곡 정리해 봤다.

처음 향을 맡았을 때 느껴진 욕망, 불현듯 떠오른 지난 생의 마지막 기억, 두 가지를 지우자 판단력도 곧 제자리를 찾았다.

'어머니께 드려도 좋을 텐데.'

역대 황제들의 무병장수.

그 바탕이 되는 황실의 비전 엘릭서.

굵직한 마나 증진의 효과도 기대할 수 있겠으나, 무병장수라는 요소를 생각하자니 어머니가 마음에 걸렸다.

'지금은 좀.'

자신의 첫 선물을 어서 복용해 주길 바라는 황태자의 눈빛. 저 부담스러운 눈빛에 더해져 어머니까지 바라고 계셨다. 잘은 몰라도 아들이 대단한 선물을 받은 것 같았으니 말이다.

'힘들겠군.'

한 번쯤 기대에 부응하는 편이 좋을 터. 이번에야말로 단숨에 들이켜는 이안이었다.

벌컥!

엘릭서 특유의 끈적한 목 넘김, 솔직히 맛은 없다. 쓰기만하고.

어느 엘릭서든, 어느 약이든 그렇다. 다만 전생의 느낌과는 확연하게 달랐다.

온몸으로 약효를 누릴 수 있는 나이. 지금 이안의 나이란 그 정도로 어렸다.

두근! 두근! 두근!

마나 하트, 아니, 심장 자체가 크게 요동쳤다.

평소보다 훨씬 빠른 속도로 순환되는 피, 그 피를 타고 도는 대량의 마나, 후끈 달아오르기 시작한 체온.

그럼에도 기이하리만큼 또렷해진 정신.

"후욱!"

이안이 뜨거운 숨을 힘껏 몰아냈다.

근본적인 엘릭서의 효능도.

약효를 받아들이는 몸뚱이의 상태도.

양쪽 모두 한 치의 양보조차 없었다.

"이, 이안?"

이안의 모습에 걱정을 하기 시작한 베네사, 반면 황태자의 눈빛은 기대감으로 가득했다.

저 반응, 자신도 마셔봐서 잘 안다. 약효는 분명 순항 중이다.

"후욱……!"

조금씩 안정되어가는 이안의 몸 상태.

요동치는 심장, 피와 마나.

불타버릴 것만 같았던 체온까지.

"후우욱……!"

마지막으로 토해낸 고열의 날숨, 온몸을 적신 땀이 질척하게 느껴졌다.

"어떠냐? 효과가 좀 있는 것 같더냐?"

속내를 조금도 숨기지 못하는 황태자의 어조.

효과가 좀 있는 것 같으냐고?

'확실히.'

마나의 보유량이 늘어났다거나 하는 식의 증진은 아니었다. 엘릭서에도 종류가 있고 각각의 성격이 다르다. 다만 뚜렷하게 느껴지는 변화 한 가지. 그것은 소비된 마나의 '자연 회복력 상승.'

'모그리안 링과 비슷해.'

마나 하트의 활동을 증진시켜 주는 하급 아티팩트, 바로 그 모그리안 링과 비슷한 성질, 아니, 동일한 성질의 변화였다.

'정확히는 모그리안 링의 절반 정도?'

예상보다 만족스러운 결과였다. 특히 체질 자체가 변화되었다는 점에 합격점을 주고 싶었다. 어린 나이와 좋은 엘릭서의 합작이 아니겠는가.

"벼, 별로인 게냐?"

이안이 반응을 보이지 않자 안절부절 못하는 황태자.

그런 황태자의 얼굴을 물끄러미 바라보는 이안이었다.

'쓸모없는 놈이라고만 생각했는데.'

황제와의 관계에 물꼬를 틀 도구, 이후로는 하등 쓸모없는 존재, 그 이상도, 이하도 아니라고 여겼다.

　망나니, 얼간이, 열등감덩어리, 인격파탄자.

　황태자 하이든을 둘러싼 수많은 인식들.

　이안 또한 그렇게 생각했으니까.

　'아주 틀린 얘기도 아니긴 하지.'

　알고보니 착하고 성실한 놈이더라. 그런 흔해빠진 반전은 아니었다.

　다만 생각보다는.

　'조금 쓸 만한 것 같기도.'

　다시 한 번 말하건대, 생각보다는 말이다.

　"하하하!"

　황태자의 웃음소리가 거리를 떠나가라 울려 퍼졌다.

　이안의 저택에서 치러진 만찬은 성공적으로 끝이 났다.

　첫 하사품의 반응도 좋았고, 식사 역시 훌륭했다.

　그밖에 많은 대화를 나눈 뒤 기분 좋게 헤어졌다.

　완벽하다. 완벽해.

　"좋구나. 기분이 아주 좋아!"

황궁으로 돌아가는 밤길.

유독 황태자의 기분이 좋아 보인다.

즐거운 자리인 만큼 포도주가 빠지지 않았고, 대부분 황태자의 뱃속으로 들어갔다. 이안은 어렸고 베네사는 마시지 않았으니까. 유독 기분이 좋아진 원인이었다.

"황태자 전하."

묵묵히 황태자의 옆을 지키던 단장 올리버.

그가 작은 목소리로 말문을 열었다.

"괜찮으시겠습니까?"

"음? 뭐가?"

"황실의 전유물입니다. 그것을 하사품으로 내렸다는 소식이 폐하께 알려지기라도 한다면…….."

황실의 비전 엘릭서. 그 완성품도, 조제법도 외부로의 유출이 엄격하게 금지되어 있다. 특히 이안에게 하사한 엘릭서는 황족 중에도 황제와 황태자만이 복용할 수 있는 상품의 엘릭서. 실로 수백 년간 지켜진 법도를 깨버린 거나 마찬가지였다.

"아아, 난 또 뭐라고. 괜찮아. 애초에 무슨 수를 써서라도 내 사람으로 만들라, 그렇게 명하신 분이 아바마마니까. 죄가 있다면 말 잘 들은 죄밖에는 없다~ 이 얘기지."

그 '무슨 수'에도 한계라는 것이 있을 텐데. 통상적인 의미와는 달리, 황태자는 정말로 동원 가능한 모든 수를 몽땅 투입할 요량이었다.

"아니면 설마, 단장한테 하사하지 않았다고……."

황태자가 장난스러운 눈으로 올리버를 쳐다본다.

"그런 것이 아니옵고."

"섭섭했다면 진즉에 얘기힐 깃이지."

"전하."

"하하! 농담이야. 나는 뭐 농담도 못 하나?"

취기의 힘이 강하기는 강한 모양이다. 황태자의 이런 모습, 12년을 섬긴 올리버조차 쉬이 접해볼 수 없었으니까. 이러한 성정의 존재는 알고 있었으나, 아주 어릴 때의 경우였다. 어느 순간부터 자취를 감춰 버렸던 색다른 모습이다.

"단장한테는 좀 미안한 얘기지만, 지금은 그 녀석부터 내 수족으로 만들어야겠어. 자네랑 기사단이 그 오만방자한 상아탑 놈들 콧대를 박살 내준다면 모를까, 불가능하잖아?"

황태자는 결코 기사단을 무시하는 게 아니었다.

지극히 현실적인 이야기였을 뿐.

"근데 말이야. 그 녀석이라면 충분하지 않겠어? 상아탑에 들어가자마자 고위 마법사부터 해먹은 놈이라고. 그놈이."

그 부분은 올리버 또한 인정할 수밖에 없었다.

상식을 넘어서 버린 초유의 마법사가 아니던가? 천재에게는 숙명이나 다름없을 견제. 그것만 이겨낸다면 능히 상아탑 최고의 마법사가 되고도 남을 재능이다.

"두고 봐. 녀석이 상아탑을 내 발 아래로 바치는 그날! 거슬렸던 마법사 놈들부터 싹! 다 물갈이해 버릴 테니까. 특히 라그나르 놈 뒤꽁무니나 졸졸 쫓아다니는 탑주, 그 늙은이부터 당장! 자네도 마음에 안 드는 놈 있으면 미리 말해둬!"

하나 이어진 황태자의 생각까진 글쎄.

강력한 의문이 드는 단장 올리버였다.

저택에서 마주했던 이안의 그 기세.

필시 황태자의 목숨을 향했을 터.

오해라 할지라도 위험한 인물이다.

그런 자를 아군으로 만들 수 있을까?

"그리고 또……."

황태자가 무언가를 더 얘기하려는 순간.

어느새 황궁의 성문이 육안으로 들어왔다.

비단 보이는 것은 황궁뿐만이 아니었다.

황궁에서 나오는 소년과 무리들.

가벼운 차림이었으나

"라그나르?"

황태자의 표정이 단박에 굳어버렸다.

5황자 라그나르와 제5 황자 친위대.

꼴도 보기 싫은 놈들과 마주친 탓이었다.

"형님?"

라그나르는 결코 황태자를 '황태자 전하'라 부르지 않았다. 민가의 아이들처럼 '형님'이라 불렀다. 우애가 돈독한 사이라면 그럴 수도 있겠다만, 아쉽게도 황태자와 황자들의 사이는 좋고 나쁨을 넘어서 원수나 다름없다. 즉 의도된 무시라는 것.

"이 밤에 어디를 다녀오십니까?"

"그러는 네놈은, 밤중에 어딜 기어가느냐?"

"저야 늘 똑같지요. 백성들 사는 모습이나 살필까 하여. 겸사겸사 바람도 좀 쐬고요. 금방 돌아오니 걱정은 마세요."

"흥! 누가 걱정이나 한다고."

웃는 얼굴로 조목조목 대꾸하는 라그나르의 화법.

저 얼굴에 주먹을 날려 버리고 싶은 황태자였다.

"그럼 다녀오겠습니다. 형님."

"그러든가 말든가."

보기만 해도 기분이 나빠지는 황자 놈들. 좋았던 기분이 잔뜩 상해 버린 황태자가 씩씩거리며 황성으로 걸어갔다. 제2 황실 기사단 역시 허겁지겁 그 뒤를 따랐다.

"황자 전하."

그중 오로지 한 사람.

단장 올리버가 남아 라그나르에게 말했다.

"저분께서는 황태자 전하십니다. 황실의 법도에 따라 올바른 호칭을 지켜주시길 청합니다."

정중하지만 날카롭게 벼려진 올리버의 요청. 그 기세를 직감한 제5 황실 기사단의 기사 하나가 중재하며 나섰다.

"어허, 이보게 올리버. 형제분들끼리의 애칭가지고 무슨 트집을 잡는 겐가?"

친위 대장이자 황실의 기사 '칼레오'.

올리버와 수련생 동기로 안면이 있는 사이였다.

"이해하네. 응? 제국을 대표하는 기사가 얼간…… 크험험! 황태자 전하를 억지로 모시려니 고충도 많겠지. 많겠는데."

말실수인 척 황태자를 '얼간이'라 칭한 칼레오의 발언에 친위대 전원이 피식피식 웃었다. 평소부터 그래왔음을 증명해주는 바.

"아무리 그래도 황자 전하께 무슨……."

"귀족 모독죄는 즉참이나."

"……뭐?"

서걱!

순식간이라는 표현이 절로 나왔다.

방금 정확하게 어떤 일이 벌어졌는지.

그 누구도 알아챌 수 없었으니까.

단지 올리버가 칼을 뽑았다는 점.

눈으로 쫓기 어려운 검이라는 점.

뒤늦게나마 알아챈 정보들. 거기서 끝이 아니었다.

"황족 모독죄는."

서걱! 서걱! 서걱! 서걱!

"오체분시."

올리버의 섬뜩한 목소리. 의미는 곧 모두에게 전해졌다.

투둑 툭 투두둑…….

가장 먼저 떨어진 것은 수염. 유행에 따라 길게 기른 칼레오의 수염이 나풀나풀 허공을 흩뿌렸다. 뿐이랴? 활동성이 강조된 가죽갑옷의 양쪽 견갑과 허벅지 옆 보호대의 일부가 차례대로 잘려 나갔다.

조금만 더 깊었더라면 목과 팔다리가 모두 잘려 나갔음을 시사해 주는 바. 표현 그대로 '오체분시'였다.

"허…… 허어억!"

분명 현실은 수염과 갑옷만이 잘려 나갔을 뿐.

하나 칼레오의 머릿속에서 만큼은 그렇지 않았다.

'분명히 베였어. 분명히…….'

목과 팔다리가 잘려 나가는 착각.

그 허상에 주저앉고 마는 칼레오.

이는 결코 과한 호들갑이 아니었다.

실제로 칼레오의 살결을 스쳤으니까.

피 한 방울 맺히지 않았으나 명백한 사실이다.

"새기시오. 칼레오 경."

검을 거둔 올리버의 눈이 라그나르에게 향했다.

그러고는 정중한 태도로 머리를 조아렸다.

마치 무슨 일이 있었냐는 듯.

"그럼 조심히 다녀오시길."

3장
가끔은, 매가 약일 때도 있다

[솔직히 얘기해 봐. 비싼 거지?]

통신구로부터 들려오는 베네사의 목소리.

뜨끔했으나 태연하게 대답하는 이안이었다.

"그럴 리가요. 못미더우시면 황제폐하께서 내려주신 금화 한번 확인해 보세요. 몇 푼 쓴 거 빼고는 다 그대로 있지."

통신구는 보석으로 샀으면서.

당연한 얘기를 뻔뻔하게도 늘어놓는다.

[신기해서 그래. 신기해서. 이 저택에 있는 통신구도 그렇고, 영주성에서 봤던 통신구도 그렇고. 엄마가 봤던 통신구들은 길어봐야 근처였거든? 근데 이건 어떻게…….]

베네사가 놀랄 만했다.

지금 이안은 상아탑을 향하고 있었으니까.

거리가 제법 떨어졌음에도 통신이 가능하다.

그녀의 상식으로는 결코 불가능한 일.

"제가 손 좀 봤죠."

[그, 그런 것도 가능하니?]

"그럼요. 마법산데."

[아무리 마법사여도…….]

"마법사가 최곱니다."

이 말을 누군가에게도 했던 것 같은데.

대충 얼버무린 이안이 주제부터 돌렸다.

"어쨌든, 그거 항상 지니고 다니셔야 해요."

[크기가…… 좀 부담스럽다, 얘.]

"조만간 갖고 다니기 편하게 개조해 드릴게요."

[이렇게 커서야 되겠니?]

"고민해 봐야죠. 뭐."

이안은 아직 어머니가 사용할 통신구의 형태를 정하지 못했다. 외관이야 크게 상관없다. 어차피 치장용 장신구로 사용되는 수정구와 크기만 다를 뿐, 전혀 차이점이 없었으니까. 고로 지니고 다니기에 용이한 형태면 그만이란 얘기다.

'아무리 생각해도 없단 말이지.'

바로 그게 문제다. 없다.

그 '지니고 다니기기에 용이한 형태'가.

조만간 공방을 한 번 더 방문해야 할 것 같다.

이 문제의 해답을 구하기 위해서라도.

"그리고 어디 나가시면 근위병들이랑 같이 가세요. 혼자 나가거나 하녀들하고만 나가지 마시고. 꼭이요. 이거 제 당부가 아니라 황태자 전하 명령인 거 알죠?"

황태자는 보면 볼수록 생각보다 쓸모가 많은 자였다. 처음에는 그저 베네사의 아름다운 미모를 칭찬했다. 이놈도 쓸데없는 생각을 품는 건가 싶었으나, 아니었다. 다음 날 베네사의 경호원으로 근위병 몇을 보내왔으니까.

"페이지 부인을 보니 돌아가신 어마마마가 떠오르는구먼. 그분께서도 아주 아름다운 분이셨지. 내 얼굴을 보면 알겠지만 말이야. 하하! 음, 한데 너는 좀…… 아비를 빼닮았나 보구나."

아직도 황태자의 말이 가슴에 남았다.

이안이 아주 어렸을 때 시달렸던 생각.

나는 왜 어머니를 닮지 못했을까?

그 아련하고도 아픈 기억을 쿡쿡 찌르는 한마디.

"아아, 그렇다고 못났다는 건 아니니라. 이다음에 자라면 쾌남자로 소문이 자자해질 상이지. 하하하!"

연이은 농담에 어머니조차 웃어버렸다.

나이 값을 하지 못하고 욱할 뻔했지만, 경호원을 붙여준 것으로 꾸역꾸역 넘어갔다. 황실의 근위병은 무예뿐만 아니라 정신적으로도 훈련된 자들. 용병을 사서 경호를 붙이는 것보다야 훨씬 믿음직스럽지 않겠는가?

[예예. 알겠어요. 마법사 나리. 얘는 마법사 한번 되더니 왜 이렇게 잔소리가 많아졌을까? 누굴 닮아서 이래? 황태자님 말씀으로는 아비를 닮은 것 같다 하시던데. 그이도 이랬나?]

"어머니……."

더 이상 베네사의 목소리가 들려오지 않았다.

방에 통신구를 두고 도망쳐 버린 모양이다.

"후우……."

통신구의 마나를 끊어버린 이안.

한숨을 쉬면서도 입가에는 미소가 번졌다.

부엌데기 시절, 혹은 그 직후와 차원이 다를 정도로 변하셨다. 이제 그녀는 우울하지도, 위축되지도 않았다. 한결 여유로워졌으며, 많이 밝아졌다.

'환경이 중요하긴 해.'

하대로부터 벗어난 신분.

하나뿐인 아들의 승승장구.

여유만 있다면 언제나 쾌활한 레디오.

이안과는 달리 진짜 아이 같은 더글라스.

그밖에 많은 요소들이 작용했으리라.

'그나저나.'

이안이 통신구가 달린 지팡이를 휘휘 저었다. 아직 결정을 내리지 못한 어머니의 통신구와는 다르게 지팡이 형태로 개조된 상태였다. 마법사가 지팡이 하나 가지고 다닌다 해서 뭐라 할 사람, 단언컨대 제국에는 아무도 없을 거다.

'상아탑의 개인 교육이라.'

오늘은 마법 아카데미의 입학 날이다.

물론 이안은 아카데미로 가지 않는다. 곧바로 상아탑에 들어가 고위 마법사들의 개인 교육을 받게 될 예정이라고 한다. 말이 좋아 교육이지 이안을 구워삶아 버릴 계획으로 가득할 터.

"오. 아카데미."

한참 걷던 이안의 눈에 아카데미가 들어왔다.

오늘만큼은 상아탑의 마차를 거부했다.

먼발치에서나마 구경하고 싶었으니까.

'전생에는 나도 저기에 있었지.'

멀찍이 보이는 아카데미의 야외 광장, 각지에서 검사를 받고 소집된 아이들, 각지라고 해봐야 고작 여섯 명이다.

'내 아카데미 동기 녀석들.'

저 녀석들이 바로 이안의 동기였다.

이번 생이 아닌, 전생에는 그랬다.

'할디스, 칼다람, 제이제이, 로아나.'

특히 그 넷은 죽마고우라 부를 만큼 각별한 사이였다.

모두 1차 통일전쟁 당시 전사해버리고 말았지만.

'이번에는 장수 한 번 해보자.'

조만간 녀석들과 인사부터 나눠야겠다. 전생처럼 허물없는 사이가 되기란 여러모로 힘들겠으나, 최선을 다해봐야지. 여러 가지 생각에 기분이 좋아지는 그때였다.

"이, 이안 페이지 님?"

상아탑에서 웬 로브 차림의 청년이 달려왔다.

처음 상아탑의 초대를 받고 왔던 날.

이안에게 유독 퉁명스러웠던 젊은 마법사.

바로 그 녀석이었다.

"또 뵙네요."

"하, 하하. 아, 안녕하십니까."

지난 일이 떠올랐는지 어색하게 웃는 마법사.

그가 어색하고도 공손한 태도로 말문을 이어갔다.

"아, 앞으로 일 년 간 이안 님의 보조 마법사로 임명된 파, 파본 파커라고 합니다. 부디 잘 부탁드리겠습니다!"

보조 마법사. 고위 마법사에게 일대일로 붙는 일종의 '상아탑 내 만능 심부름꾼'이다. 새내기 정식 마법사들 중 지원을 받거나 차출되며, 매년 새내기 마법사가 돌아가며 선정되는 제도다.

"통보는 받았습니다. 잘 부탁해요."

"이, 이쪽으로! 제가 모시겠습니다."

파본은 이안의 보조 마법사 역할을 직접 지원했다.

이유는 간단하다. 무슨 수를 써서라도 지난날의 실수, 이안에게 새겨진 인식을 좋은 쪽으로 바꾸기 위함이었다.

'앞으로 내 마법사 인생이 걸린 일이라고!'

지금까지는 정말이지 탄탄대로였다. 이름 있는 귀족가의 차남으로 태어나 마법적 자질을 인정받았다. 아카데미를 졸업하던 무렵 2클래스의 경지에 올랐으며, 타 영지 파견조차 엄청난 행운과 함께 1년만으로 끝내 버릴 수 있었다.

'어떻게든 돌려놔야 해. 어떻게든!'

파견 영지에서 한해 배출된 마법생도의 수가 3명 이상일 경우, 파견을 조기에 종결 받는 혜택이 주어진다. 자칫 느슨

해질지 모르는 마나 반응 검사에 전력을 다하도록 유도하는 일종의 동기부여였다. 거의 오륙십 년에 한번 꼴이지만 말이다.

'내가 어떻게 여기까지 왔는데!'

한데 그 수십 년간 발생한 적이 없었던 조건이 올해 '소이튼 영지'에서 나타났다. 무려 3명의 마법 생도가 나타난 거다. 그곳은 파본의 파견 영지였고, 상아탑의 오랜 법도에 따라 파견일정을 종료, 정식 마법사로 인정받았다.

"저, 이안 님."

"왜 그러십니까?"

"마, 말씀 편하게 하십시오!"

"전 이게 더 편해서요."

단 한 번의 삐걱거림도 없었던 인생.

계속해서 탄탄한 돌다리만 걷게 될 인생.

그 인생이 단 한 방에 꼬이기 시작했다.

무려 고위 마법사한테 밉보인 상황이 아니겠는가?

"지, 지난번 있었던 일은 제가……."

어떻게든 돌려놔야 한다.

꼬이기 시작한 마법사로서의 줄타기를.

설령 이 꼬마 놈의 개가 되는 한이 있더라도.

남다른 각오와 함께 지원한 '파본 파커'였다.

"제가 정말 진심으로 사죄를……."

"아, 그거요? 괜찮습니다."

"저, 정말이십니까?"

급격히 밝아지는 파본의 안색.

그 얼굴에 경고 섞인 쐐기를 박는 이안이었다.

"앞으로 잘하시면 되죠."

"무, 물론입니다. 예! 성심을 다해 모시겠습니다!"

두 사람은 어느덧 상아탑 1층에 진입했다.

저번과 마찬가지로 황금빛 원반.

고위 마법사 전용 승강기로 다가갔다.

순간 모든 마법사의 이목이 집중되었다.

아직 갈피를 잡지 못하는 눈빛들.

"타시지요. 19층 고위 마법사의 전당에서 멈출 겁니다."

그리 안내한 파본이 후다닥 달려가 상아탑 공용 승강기 위에 섰다. 황금빛이 아닌 보라색 원판이었다.

우우우우웅-!

이윽고 떠오르기 시작한 황금빛 승강기.

동시에 마법사들의 눈빛도 확실해졌다.

최연소 고위 마법사를 향한 존경, 질투, 부러움.

젊은 마법사라면 가질 수밖에 없는 감정.

'충분히 그럴 때지.'

어느덧 황금빛 승강기가 19층에 멈췄다.

보라색 승강기의 파본도 도착했다.

"이안 님께 배정된 개인 연구실은 이쪽입니다."

고위 마법사의 전당에는 총 24개의 고위 마법사 전용 연구실이 있다. 상아탑이 이전되었을 당시 4클래스 고위 마법사가 무려 24명이었다고 한다. 덕분에 지금은 남는 방이 꽤 많았다.

"제가 얼른 가서 담당 마법사님을 모셔오도록 하겠습니다. 첫 수업을 진행해 주실 분이 아마……."

그 말과 함께 열쇠를 건네는 파본.

작금의 상황에 이안은 새삼 놀라움을 느꼈다.

'전생에도 여기였는데.'

전생과 같은 위치의 방을 배정받았다. 하긴, 당시에도 12번째 고위 마법사였으니까.

시기만 앞당겨졌을 뿐, 어차피 밟을 수순이었다.

따지고 보면 신기할 일도 아니긴 하다.

'그래도 반갑네.'

무엇이든 익숙한 자리가 좋지 않겠는가.

가벼운 마음으로 연구실의 문을 연 이안.

"안녕?"

날이 바짝 선 여인의 음성.

따로 모시고 올 필요가 없었다.

이안의 첫 교육을 담당해 줄 고위 마법사. 그녀는 이미 연구실에 와 있었으니까.

"오랜만이야. 건방진 꼬맹이."

속내가 빤히 보이는 표정의 여인, 고위 마법사 헬레느였다.

"누구시더라."

"뭐?"

이제는 이안 역시 엄연한 고위 마법사.

건방지니 마니 가만히 듣고 있을 필요가 없다. 선후배 간의 차이가 있긴 하나, 그것도 상호 존중이 이루어질 때 지켜지는 예법이니까. 게다가.

'하필 이 여자를 보낸 이유.'

남을 가르치는 데 조금의 재능도 없는.

그렇다고 흥미가 있는 것도 아닌 여자다.

한데 그런 여자를 이안에게 보내온 까닭.

복잡하지 않다. 기선 제압이다. 더 강하고 거친 자로 하여금 이안의 기세부터 꺾어놓으려는 속셈이 아니겠는가.

'발상 하고는.'

이안은 더 이상 탑주와 고위 마법사들의 견제에 순응해 줄 생각이 없었다. 마나 저장기를 깨부수고 고위 마법사란 '권력'을 얻게 된 지금, 이안이 취해야 할 방식은 오직 하나.

'상아탑 내에 새로운 세력을 만든다.'

이안 페이지라는 이름에 영향력을 만드는 것.

젊은 마법사들을 필두로 세력을 구축하는 것.

나아가 상아탑의 절반 이상을 장악하는 것.

'지금부터 6년 내로.'

라그나르가 상아탑의 비호 아래 본격적으로 움직이기 시작하는 시기. 그 전까지 세력을 구축하는 거다. 탑주 허버트를 필두로 한 상아탑의 '친 라그나르' 행보에 사사건건 걸림돌이 될 수 있는 신흥 세력을.

'그쯤이면 나도 탑주를 뛰어넘겠지.'

현 탑주와 동급, 아니, 그 이상의 클래스.

상아탑을 완벽하게 장악하는 순간이 올 터.

"아, 그 깨진 저장기 줍던 분이셨네요."

그 시작의 제물로 저 여자는 어떨까?

이안이 짐짓 천진한 어조로 말했다.

물론 내용까지 천진하지는 않았다. 거의 도발이나 마찬가지다.

"……이제 보니까 건방진 수준이 아닌데."

책상에 걸터앉아 있었던 헬레느, 그녀가 두 다리를 딛고 일어났다.

여인 치고는 상당히 큰 신장. 굴곡진 몸매에 붉은 로브가 딱 달라붙었다.

"후우, 좋아! 대충은 들었을 거야. 역사, 이론, 예법, 원래 아카데미에서 배워야 할 것들. 듣자하니 우리가 직접 가르치기로 했다더라. 너 같은 괴물이 아카데미 가봐. 애들이 무서워할 거 아냐? 막 허탈하고. 그치?"

그녀의 손짓 한 번에 책장 속 서책들이 날아들었다. 상아탑의 역사, 마법의 기초 이론, 기타 등등 아카데미의 교과서나 다름없는 서책들.

"근데 말이야."

헬레느가 허공에 뜬 서책 한 권을 집어 빠르게 넘겼다.

"이런 것들이 다 무슨 소용이겠어?"

그러더니 바닥으로 휙 내동댕이쳐 버린다.

"내 전공도 아니고. 다른 노인네들이 어련히 잘 가르칠까. 벌써 수십 년째 해먹는 데커드 영감이라든가. 시간 남아돌면 탑주님이 직접 가르칠 수도 있고."

이윽고 모든 책들이 바닥에 널브러졌다.

자신의 방식대로 하겠다는 의미였다.

"세실리아, 그 계집애를 이겼다고 했지?"

어느덧 이안의 코앞까지 다가온 헬레느의 물음.

허리를 숙여 이안과 눈높이까지 맞춰준다.

"그년도 제법 가락이 있었거든. 아, 마법 전투 얘기야. 말이 나왔으니 가르침 하나 내려 볼까? 마법사들도 종류가 있어. 싸움질 잘하는 마법사, 남을 잘 보조하는 마법사, 평생 방구석에서 술식이나 연구하는 마법사…… 뭐 그 외에는 찌꺼기들이고."

사실 헬레느가 '찌꺼기'라고 표현한 이들이야말로 상아탑의 대부분이다. 각종 문명에 이바지 중인 수많은 마법사들. 그들을 향한 경멸, 전생이나 지금이나 다를 바 없는 태도였다.

"난 어디에 해당할까?"

"첫 번째 같네요."

"정답! 아마 그 분야에서는 따라올 놈이 없을걸?"

자신감으로 가득한 헬레느의 발언.

이안 역시 어느 정도 인정하는 바였다.

기억을 통틀어 봐도 헬레느만 한 전투요원은 적었으니까.

"기대가 많았어. 세실리아. 그게 잘만 컸더라면 내 발끝까진 왔을 텐데, 찌뿌둥할 때마다 몸 풀기 상대로 충분했을 텐데~ 하필이면 첩자였다니. 쩝."

그녀에게 제국이나 정치는 다른 세상 이야기일 뿐.

진심으로 아쉬운 듯 입맛까지 다신다.

"걸리지나 말든가. 멍청한 년."

고개를 절레절레 흔든 헬레느.

그녀가 다시금 이안을 바라봤다.

"근데 그걸 때려잡았단 거야. 요 꼬맹이가."

흥미로 반짝이는 눈빛. 마나 저장기의 파편들을 주섬주섬 확인할 때와는 전혀 다른 분위기였다.

"솔직히 처음에는 놀랐는데, 지나고 보니까 딱 그것만 남더라. 상대가 생겼다는 거. 다른 놈들은 꽁무니나 슬슬 빼기 바빴거든. 고위 마법사의 품위가 어쩌니 헛소리만 해대면서, 뭐 이해는 해. 다 똑같지. 지면 쪽팔리잖아."

어리거나 젊은 마법사들에게 고위 마법사의 대련이란 실로 박진감 넘치는 구경거리 중 하나다. 특히 헬레느는 항상 공개 대련을 선호하는 만큼 구경꾼이 많을 수밖에 없으며, 상대가 헬레느라면 승리를 거두기도 힘들다. 공개적으로 망신을 당하느니 피하는 게 상책이라는 얘기다.

"근데 그거 알아? 너는 이제 빼고 싶어도 못 빼. 같은 고위 마법사여도 말이지. 왜? 나는 지금 널 교육하라는 명령으로 왔어. 선생이란 거지. 명색이 선생이라면 제대로 가르칠 수 있는 과목을 가르쳐야 하지 않겠니?"

헬레느가 가장 잘 가르칠 수 있는 과목.

지금껏 구구절절 얘기했듯, 마법 전투밖에 더 있겠는가.

"따라오렴. 어차피 거부권은 없으니까."

따라오라는 말과 함께 연구실을 빠져나간 헬레느.

그녀가 바깥에 대기 중이던 파본에게 말했다.

"애들 올려보내. 대련장으로."

"예……?"

"애가 왜 말귀를 못 알아먹을까?"

"대, 대련…… 아! 알겠습니다!"

선생으로서 가르침을 내려준다더니만.

그 수업에 구경꾼까지 필요한 모양이다.

관심과 경외 받기를 즐기는 성정.

참으로 한결같은 여자다.

"쟤가 네 보조야? 너나 쟤나 고생 좀 하겠다."

헬레느가 향한 곳은 상아탑의 옥상.

이안 또한 그 뒤를 묵묵히 따랐다.

옥상까지는 승강기가 연결되지 않는다. 따로 마련된 계단을 통해서만 올라갈 수 있는데, 계단을 밟는 그녀의 발걸음이 유독 경쾌했다. 골반마저 요염한 자태로 튕긴다.

"목숨 걸고 덤벼봐. 그래야 가르칠 맛도 나지."

수도 그린리버디움에서 가장 높은 곳.

사방이 탁 트인 상아탑의 최정상. 바닥부터 허공까지 모두 보호 마법으로 처리된 백색 공터. 수도에서는 마법을 마음껏

뿌려댈 수 있는 거의 유일한 공간이었다. 그래서일까, 공식적인 명칭은 아니지만 아주 오래 전부터 대련장이라 불렸다.

"어때. 마음에 들어?"

헬레느는 자신감이 넘쳤다.

상대가 아무리 최초의 마법사와 같은 재능을 타고났든, 어린 나이에 4클래스 초입 수준의 마나를 지녔든, 전투센스와 경험만큼은 결코 자신을 따라올 수 없으리라.

"넓네요."

"그치?"

하지만 헬레느는 알고 있을까?

이 옥상, 이안은 처음이 아니란 사실을.

대련을 목적으로 수십 번 이상 와봤음을.

그중 단 한 번도 패배해 본 바가 없었음을.

무엇보다 수십 번의 승리 중 대부분은…….

'헬레느가 상대였지.'

바로 눈앞에 저 붉은 로브차림의 여인.

헬레느로부터 취한 승리였음을.

'어째 전생이랑 다를 게 하나도 없군.'

나이만 어려졌다 뿐이지 똑같은 것 같다.

열두 번째 최연소 고위 마법사 등극. 동일한 위치의 개인 연구실. 득달같이 덤벼드는 헬레느까지.

'그때도 귀찮아 죽는 줄 알았었는데.'

전생의 헬레느는 집요하기 짝이 없었다.

갖가지 변명과 함께 재도전을 해왔다.

아무리 이안에게 져도, 져도, 또 져도.

그 반복의 고리를 끊어버릴 방법.

이안은 알고 있었다.

'아주 굴욕적인 패배.'

감히 변명조차 입 밖으로 꺼내지 못할 정도로.

전생에도 그랬다. 마지막 도전, 그리고 결과.

참담하다 못해 굴욕적인 패배를 안겨줬다.

'이번에는.'

마침 젊은 마법사들도 하나 둘 몰려들기 시작했다.

구경꾼이 많으면 많을수록 굴욕감 또한 커지는 법.

그 사실을 헬레느가 모를 리 없다. 오히려 노림수였겠지.

시작부터 이안의 기세를 꺾어놓으라는 고위 마법사 회의의 언질, 즐기는 김에 겸사겸사 진행할 심산이었을 터.

'시작부터 끊어볼까.'

두 사람을 중심으로 둥글게 포진된 젊은 마법사들.

구경꾼을 자처한 그들로 하여금 대결의 무대가 자연스럽게 형성되었다.

"갑자기 무슨 대결이래?"

"헬레느 님이랑?"

"꼬맹······ 아니, 이안 님이?"

새내기 마법사들은 의외로 애 같은 구석이 있다.

12명의 고위 마법사 중 누가 가장 강할까.

차기 탑주는 누구의 차지가 될 것인가.

원초적 이슈에 관심 갖는 자들이 태반이다.

"아무리 그래도 헬레느 님은 좀······."

"다른 분들도 헬레느 님은 피하시던데."

물론 대부분이 헬레느의 승리를 점쳤다. 그만큼 독보적인 존재감을 가진 그녀다.

특유의 성질머리, 전투 마법사로서의 실력, 무엇 하나 빠지지 않는 인물이니까.

"저 정도면 뭐, 구경꾼은 충분한 것 같고."

몰려든 구경꾼에 만족한 듯 으쓱거리는 헬레느.

그녀가 이안을 바라보며 물었다.

"혹시 준비할 거라든가? 있으면 어서 해. 어서."

"그런 건 없고요."

이안이 마법사들 사이에 섞인 파본에게 다가갔다. 그리고는 통신구가 달린 지팡이를 맡기며 말했다.

"여기서 소리 같은 게 들리면 바로 얘기하세요."

"예? 지팡이에서 무슨 소리가······."

"나면 알 겁니다. 꼭 알려주세요."

"아, 알겠습니다."

고개를 끄덕이며 지팡이를 받아 든 파본. 상대는 직속 고위 마법사다. 당최 무슨 소리인지는 모르겠다만, 하라면 해야지. 보조 마법사가 무슨 토를 달겠는가? 설령 지팡이가 말을 한다 해도 믿어야 할 판국이다.

"들고 싸우는 줄 알았더니?"

"비싼 지팡이거든요."

"마법사가 돈 걱정은."

"이제 하루차라."

"걱정 마렴. 연구지원비 빵빵하게 나올 거니까."

그 연구지원비로도 언감생심이거늘. 하긴, 저 지팡이에 달린 큼직한 수정구가 통신구란 사실을 눈치챌 리 없다. 세상만사 일절 관심이 없는 헬레느라면 더더욱.

"슬슬 시작해 볼까?"

전생보다 십 년은 더 어린 헬레느의 얼굴.

그럼에도 세월의 차이가 느껴지지 않았다.

'전의를 완전히 상실시켜야 해.'

그녀는 본인에 대한 자부심이 굉장하다. 그럴 만한 재능을 가지고도 있다. 비단 마법적 역량뿐만이 아니다.

'기사가 되었어도 대성했을 재능.'

여인의 몸인지라 근력적인 한계는 있을 터. 하나 그 단점을 메꾸고도 남을 요소가 많았다.

민첩성, 반응속도, 동체시력 등, 그 모든 면이 우월한 싸움꾼이었다.

'다른 마법사들과는 방식 자체가 달라.'

그래서일까. 헬레느의 전투 방식은 여타 마법사들과 정반대라 해도 무방할 정도였다. 방어막을 기본삼아 수비적인 운영에 치중하는 대다수의 마법사들과는 근본적으로 달랐으니까.

'피하면서 공격하는 방식.'

방어막보다는 회피하는 쪽을 선호한다.

타고난 재능과 보조 마법이 가미된 회피력.

한층 자유로워진 술식은 살상 마법에 투입시킨다.

특히나 좋아하는 화염 계열의 마법으로.

'평범한 승리는 오히려 독이다.'

정말이지 다양하게 이겨봤다.

마법사 본연의 정공법으로, 한수 위의 전투 운영으로, 좀 더 강력한 화력으로.

'그때마다 별의별 핑계를 다 가져왔지.'

끈질긴 재도전 끝에 이안은 깨달았다.

헬레느에게는 '여지'란 놈을 남기면 안 된다.

이렇게 하면 이기지 않았을까?

저렇게 하면 더 좋았을 것 같은데?

그러한 후회 자체를 떠올리지 못하도록.

"먼저 시작하렴. 그래도 내가 선생이니까."

"괜찮으시겠어요?"

"하!"

이안의 당돌한 대꾸에 코웃음을 치는 헬레느.

"지금 누가 누굴 걱정한다니?"

"그럼 사양하지 않겠습니다."

"그래그래. 제발 좀 그래줘. 응?"

여유가 철철 넘치는 헬레느의 태도. 언제까지 저 여유를 유지할 수 있을까?

"후우."

이안이 두 눈을 지그시 감았다.

평소와는 달리 마나를 끌어 모으지 않았다. 대신 체내 밖 사방으로 방출시켰다.

보호막을 펼칠 때와 매우 흡사한 기류.

"흥! 어디서 본 건 있어가지고."

그 빤한 모습에 헬레느는 확신을 가졌다.

다른 마법사들처럼 보호막부터 펼칠 거라고.

"어떤 방어막이 되었든."

헬레느 또한 술식을 발동시켰다.

그녀의 사방으로 피어오르는 불꽃들. 한 구 한 구가 '파이로 블레스트'에 버금갔다.

"단번에 박살 내줄게. 꼬마야."

그 어떤 방어막이라 한들 자신이 있었다. 쉴드는 물론 마나 배리어, 앱솔루트 배리어까지.

이미 수백 번도 넘게 박살 내봤으니까.

"힘드실 텐데."

"뭐?"

의미심장한 말소리를 내뱉은 이안.

그 주변으로 몰려드는 것은 '냉기'였다.

'아이스 블록.'

이안을 중심삼아 사방으로 퍼진 마나.

그 마나 자체를 통째로 얼려 버리기 시작한 거다.

콰드득, 콰득, 콰드드득!

이안을 순식간에 가둬 버린 큼직한 얼음덩이. 그 정체는 헬레느의 예상대로 방어막이었다. 다만 그 예상을 빗겨나간 방어막이기도 했다.

"……장난해?"

아무 짝에도 소용없는 헛짓거리.

말 그대로 예상'만' 빗겨나갔을 뿐.

"지금 뭐하자는 거야?"

어이가 없는 듯 불꽃을 거둬 버린 헬레느. 구경하던 마법사들 역시 비슷한 반응이었다. 대련의 본질과 한참 벗어난 행위였으니까.

"왜 하필 저걸……."

"아무것도 못할 텐데?"

"마나만 다 떨어지면 끝이라고."

지극히 당연한 반응들.

'아이스 블록'은 여타 방어막과 본질부터 다르다.

거의 완벽한 강도를 지닌 만큼 단점 또한 많다.

먼저 술자는 '가수면 상태'에 빠져 버린다. 인즉 보호막 역시 임의로 해제할 수 없다. 마나가 몽땅 소비되는 순간까지 지속된다.

그야말로 마법사 최후의 '생존 수단'

"저기요. 이안 페이지 씨? 제 말 들려요?"

헬레느가 얼음 속 이안에게 다가가 말했다.

마치 노크하듯 얼음의 방패를 톡톡 치면서.

잠이라도 들어버린 듯 꼭 감아버린 눈, 앙다문 입술, 미동조차 없는 몸뚱이, 아이스 블록을 펼친 이상 당연한 모습들.

"나 참, 무슨 생각인지 모르겠네."

실망한 기색이 역력한 눈빛.

그보다 더 실망스러운 목소리.

"이딴 꼬맹이한테 기대한 내가 미친년……."

툭!

그때, 헬레느의 뒤통수를 툭 치는 무언가.

더도 말고 덜도 말고 '툭'이었다.

아주 미약한 수준의 세기.

"뭐야?"

그 정체는 자그마한 마나 구체.

체내 밖으로 뽑아낸 마나의 구체였다. 술식이 가미되지 않아 살상력조차 없었다.

마치 눈덩이를 뭉쳐 던진 것과 비슷한 수준. 마법사 중 누군가 장난을 쳤으리라.

'아니, 잠깐만.'

그녀가 멈칫하며 고개를 갸웃거렸다. 생각해 보니 조금 이상하다.

'나한테 장난질을 쳐?'

다른 마법사도 아닌, 헬레느 자신한테?

그 정도로 배짱 두둑한 놈이 존재했다고?

상아탑 찌꺼기들 중에?

'그럴 리가.'

무심코 얼음 속 이안을 바라본 헬레느. 곧 그녀의 안색이 급속도로 새파래졌다.

"어……?"

얼음 속 이안은 분명 눈을 감고 있었다. 방금까지만 해도 그랬다. 분명하다.

한데.

'눈을…… 뜨고 있어?'

순간 소름이 돋아나는 헬레느였다.

저 안에서 눈을 뜰 수 있다? 하물며 눈동자가 움직이기까지 한다고? 그런 일이 가능할 리 없다.

눈은커녕 정신조차 희미할 텐데.

'무슨 말도 안 되는…….'

눈을 떴다는 자체만으로도 믿기 어려운 일.

하나 믿을 수 없는 일은 그뿐만이 아니었다.

구구구구구……!

이내 사방에서 들려오기 시작한 굉음.

기분 나쁜 소리가 상아탑 아래로부터 들려왔다.

"뭐, 뭐야?"

"무슨 소리지?"

"저 아래인 것 같은데……."

젊은 마법사들이 서둘러 주변을 둘러봤다.

모두가 소리의 근원지부터 찾고자 했다.

그 행방을 찾기란 어려운 일이 아니었다.

난간 아래만 내려다봐도 보였다.

"……덩굴?"

마법사들은, 아니, 상아탑을 볼 수 있는 사람이라면 지금 쯤 모두가 경악하고 있을 거다. 상아탑 주변 숲에서 튀어나오기 시작한 덩굴, 그 굵고 가는 수백 갈래의 덩굴이 제각각 흙바닥에서 튀어 나와 상아탑의 외벽을 기어오르고 있었으니까.

"뭔데? 무슨 일이냐고!"

그 경악스러운 광경에 넋이 빠져 버린 마법사들, 누구도 헬레느의 외침에 대답하지 못했다.

대답은커녕 제대로 듣기조차 힘들었다.

"이것들이!"

무려 고위 마법사의 물음이다.

한데도 대답할 생각조차 못 할 정도라니? 직접 확인하고 자 난간으로 향하는 헬레느.

바로 그 순간이었다.

"……?"

꿈틀꿈틀 기어 올라오는 덩굴들.

저것들이 다 무엇이란 말인가?

그녀가 믿기 힘든 표정으로 이안을 확인했다.

여전히 얼음 속에 갇혀 자신을 응시하는 모습.

'저 안에서 마법을 쓸 수 있다고?'

사방에서 치솟은 수백 갈래의 덩굴은 마치 눈이라도 달려 있는 것처럼, 살아 있는 뱀처럼 사방을 두리번거린다.

술자로부터 하달 받은 붉은색 목표물.

그 목표물을 찾고자 했고, 오래 걸리지 않았다.

"미, 미친……."

절로 욕지거리가 튀어나오는 상황.

수백 갈래 덩굴이 그녀를 노렸다.

화르륵!

오직 헬레느를 향해 뻗어오는 덩굴들.

불꽃으로 모조리 불살라 버린 헬레느였다.

문제가 있다면 끝이 보이지 않는다는 것.

태워도, 태워도, 또 태워도.

'이게 뭐냐고!'

벌써 수 시간째 계속되는 술래잡기, 마나는 물론 근본적인 체력조차 떨어져간다.

피하고 불태우는 것만이 능사는 아닐 터, 이럴 경우 방법은 오직 하나뿐. 마법의 술자부터 박살을 내버리는 건데.

'저게 어떻게 가능하지?'

정작 그 술자는 얼음 속에 숨어 있다.

마나를 얼려 만든 강력한 방어막, 본디 아무것도 할 수 없어야 할 마법, 이대로는 죽도 밥도 안 된다.

'방법을 찾아야⋯⋯.'

아무리 머리를 굴려도 떠오르지 않는다.

그 방법이라는 것이.

"하아⋯⋯ 하아!"

시간이 지날수록 가빠지는 헬레느의 호흡.

말라죽어간다는 느낌이 이런 걸까?

슬슬 체감이 되기 시작했다.

이 싸움, 이길 수 없다.

"이익!"

빈틈을 보이자 여실 없이 뻗어 오는 덩굴들.

헬레느의 오른쪽 발목을 빠르게 휘감는다.

불꽃으로 태워 끊어버려도 소용없었다. 덩굴은 그보다 한 발 더 빨랐으니까.

손목부터 발목, 몸뚱이까지 단숨에.

흡사 누에가 고치를 만들 듯.

"까아악!"

생전 처음 질러보는 비명.

생전 처음 맛보는 굴욕감.

지금껏 무엇을 했단 말인가?

대련의 상대는 털끝하나 건드려 보지 못했다.

이 망할 놈에 덩굴하고만 주구장창 싸웠다.

마나와 체력이 바닥을 보일 때까지.

덩굴이라도 모두 불태워 버렸으면 다행이련만. 결국 잡혀 버렸다. 볼썽사나운 꼴을 한 채.

"도, 도대체……."

상식이 통하지 않는 재능임은 알고 있었다.

그렇다한들 너무하지 않은가? 아이스 블록 속에서 의식을 가질 수 있다니. 하다못해 마법까지 사용하다니?

놀랄 일은 그뿐만이 아니었다.

"……하하."

헬레느가 실없이 웃어버린 이유.

이안의 행동을 목격했기 때문이다. 자연스럽게 해제되는 아이스 블록. 마침 저쪽도 마나가 다 떨어져서?

아니, 그럴 리는 없을 거다.

상황이 너무 절묘하다.

뚜벅. 뚜벅.

얼음에서 빠져나온 이안이 헬레느에게 다가왔다.

역시 아이스 블록은 자의로 풀어낸 것이었다.

그렇지 않고서야 저토록 멀쩡할 리가.

"최초의 마법사, 최초의 마법사 하더니만."

허탈함이 묻어나는 헬레느의 어조.

이제야 좀 그 의미를 알 것 같았다.

직접 붙어보니 확실하게 느껴졌다.

상식 밖의 마법사라는 사실이.

"이번엔 졌어. 그러니까 이 더러운 덩굴부터 좀……."

"아직."

낮게 내리깔린 이안의 목소리.

아직은 부족하다. 확실하게 꺾어 놔야 한다. 비단 헬레느만을 특정한 얘기가 아니다. 이 대련을 지켜보는 마법사들에게.

'내가 누구인지.'

젊은 마법사들은 그저 들었을 뿐이다.

고위 마법사들이 펼친 신문을 통과했다고, 4클래스의 경지를 인정받았노라고, 하나 듣는 것과 보는 것은 다르다.

큰 차이가 있다.

"뭐, 뭘 하려고……?"

심상찮음을 느낀 헬레느가 물었다.

물론 이안의 입에서 대답은 나오지 않았다.

묵묵히 오른손을 머리 위로 들어 올릴 뿐.

쭉 뻗어진 손바닥으로 마나를 끌어모았다.

"자, 잠깐만! 꼬맹아? 이안?"

급기야 호칭마저 정정하기에 이르렀다. 그만큼 절박했다.

이 상태로 고위급 살상 마법을 맞았다가는 꼼짝없이 죽는다.

"이건 대련이라고! 대련! 멈추라니까!"

상아탑의 하늘에 먹구름이 몰려오기 시작했다.

그것만으로도 충분히 직감할 수 있었다.

쿠구구구궁……!

지금 이안이 불러내고 있는 마법.

지극히 복잡하고 기다란 술식.

불러오는 시간조차 한세월. 하나 위력만큼은 4클래스 최강의 주문.

"콜 라이트닝."

한줄기 두터운 낙뢰.

그 강력한 번개가 상아탑의 옥상을.

포박된 헬레느의 위치를 단호하게 내리쳤다.

콰과광-!

두 눈을 질끈 감아버린 헬레느.

지켜보던 마법사들 또한 마찬가지였다. 바닥을 이룬 백색 파편이 허공에 튀었다.

상아탑의 보호 마법조차 흡수하기 힘든 위력. 저 번개를 맞고도 살아남았을 리가 없었다.

직격으로 맞았다면 말이다.

"……!"

헬레느가 천천히 두 눈을 떴다. 가장 먼저 눈에 들어온 것은 바닥. 자신의 앞쪽 바닥이 훼손되어 있었다. 뿐이랴? 주변으로 검게 그을린 자국까지.

번개는 헬레느의 바로 앞에 떨어졌던 거다.

"허, 허어억! 허억!"

이제야 참았던 숨을 토해내는 그녀였다.

살았다. 어찌 되었든 살아남았다. 한데 왜 이렇게 심장이 뜨겁지? 아니, 뜨거워진 건 심장이 아니었다.

새까맣게 그을린 덩굴로부터 전해져 오는 열기.

덩굴이 아니었다면 큰 화상을 면치 못했을 터.

"그만."

콜 라이트닝의 여파 밖에 서 있었던 이안이 작게 손짓하자 덩굴들이 헬레느를 풀어줬다.

그럼에도 주저 앉아버리는 그녀였다.

도저히 서 있을 수가 없었으니까.

"헬레느 님."

이안이 주저앉은 헬레느에게 접근했다. 작게 속삭여도 들릴 만큼 가까이.

"오, 오지 마……!"

헬레느 자신도 모르게 내뱉은 외침, 그야말로 본능에 기이

한 거부감이었다.

"더 가르쳐 주실 것이⋯⋯."

하나 이안은 헬레느의 반응에 아랑곳하지 않았다. 오히려 쭈그리고 앉아 똑바로 바라봤다.

"남았습니까?"

격렬하게 고개를 저어 보이는 헬레느.

가르칠 것이 더 남아 있냐고? 대체 어떤 의미로 물어보는 걸까?

이해할 수도, 이해하기도 싫은 물음이다. 그저 한시라도 빨리 사라졌으면 좋겠다.

그래야 조금은 진정이 될 것 같다.

정체 모를 공포가, 쿵쾅거리는 심장이.

"그럼 먼저 내려가겠습니다."

인사말과 함께 발걸음을 옮긴 이안.

그가 가까워지자 마법사들도 물러났다. 뒷걸음질이 모여 통로가 만들어진 상황.

그 통로의 뒤편으로 또 다른 이들이 보였다. 대선배라 할 수 있는 중장년의 마법사들, 몇몇 고위 마법사와 탑주 허버트까지 덩굴을 보고 뒤늦게 올라온 거다.

"죄송한데⋯⋯."

이안이 그들을 바라보며 말했다.

"비켜주시겠어요? 제가 좀 피곤해서."

얼떨결에 지나갈 길을 열어주는 그들이었다.

✳

새로운 고위 마법사가 헬레느를 꺾었다.

조용하기만 했던 상아탑에 새바람이 들이닥친 거다.

특히 젊은 마법사들에게 엄청난 반향을 일으켰다.

"아이스 블록에서 마법이라니……."

"그 정도면 거의 창조하는 영역 아니야?"

어딜 가나 이안, 이안, 이안 페이지.

그 마법사를 논하는 얘기들이 전부일 정도로.

하나 상아탑 전체가 시끄러워진 것은 아니었다.

"아직도 나오지 않는 건가?"

"예. 며칠째 식사도 거르시고……."

"으음."

고위 마법사들의 개인 연구실이 존재하는 19층.

그중 한 곳만큼은 유독 조용하기 이를 데 없었다

조용함을 넘어서 침울함에 가까울 정도였다.

"이보게 헬레느. 내 말 들리는가?"

바로 헬레느의 개인 연구실.

노크와 함께 그녀를 부르는 탑주였다.

"자네 심정은 충분히 이해하네. 한다만, 계속 그러고 있을 수도 없지 않은가. 들어갈 테니 얘기를 좀 나눠보세."

인자한 목소리와 함께 연구실의 잠금을 풀어버린 탑주.

그가 천천히 문을 열어 안으로 들어서자.

쩽그랑!

탑주를 향해 날아드는 술병. 순간적으로 발동된 실드 주문이 막아냈지만, 연구실의 상태는 생각보다 최악이었다.

"허허……."

바닥에 굴러다니는 수십 병의 포도주 병, 여기저기 깨진 채로 널브러진 유리잔, 책이고 뭐고 어느 하나 성한 부분이 없었다.

"헬레느."

"나가요."

"이러고 있어봐야 해결되는 건……."

"나가라니깐!"

헝클어진 머리, 퀭한 얼굴, 풍기는 술 냄새, 그야말로 폐인이 되어버린 헬레느의 몰골.

단순한 패배의 후유증만은 아니다. 모두가 보는 앞에서 굴욕적으로 패배했다. 꼴사나운 비명과 애원은 기본이었다. 한데도 파훼법이 떠오르지 않는다.

기껏 해봐야 도망치는 게 전부라니? 하나부터 열까지 인정할 수가 없었다. 마지막 자존심마저 갈기갈기 찢어짐을 느꼈다.

"일단 술부터 반입시키지 말아야겠군. 정신 차리고 끼니부터 챙기게나. 마법사의 몸은 개인의 것이 아니야. 상아탑의 것이지. 잘 알면서 어찌 그러는가?"

"나가줘요. 제발…… 제발!"

"……알겠네. 내일 또 오도록 하지."

당부의 말과 함께 연구실을 빠져나온 탑주.

"쯧쯧. 꼬락서니 하고는."

그가 혀를 끌끌 찼다.

표정마저 구겨지기 시작했다.

너무 안일한 판단이었다. 거친 자로 하여금 기부터 꺾어놓고자 했다. 한데 기가 꺾이기는커녕 헬레느를 감당, 아니, 저토록 박살을 내놓을 줄이야.

'길들이고 말고의 문제가 아니군.'

그날, 이안이 헬레느를 저리 만들었을 당시.

옥상에서 마주친 이안 페이지의 한마디.

길을 비켜 달라. 분명 그렇게 얘기했다. 탑주 본인을 포함한 선배 마법사들에게.

참으로 당돌한, 그 이상의 소년이 아닌가.

'목줄이 어울리는 개가 아니라…….'

목줄은 개한테나 채울 수 있는 도구다.

사나운 맹수에게 채워봤자 반항만 하겠지. 틈만 나면 목줄의 주인을 물어뜯고자 할 거다.

'늑대였던 겐가.'

새끼라 한들 길들여지지 않는 맹수.

그렇다면 얘기가 조금 달라진다.

더 이상 목줄에 연연할 필요가 없다. 본질적으로 다른 방도를 선택해야 할 터. 사나운 맹수 한 마리를 상아탑의 소유로.

아니.

'나만의 도구로 만들기 위해서는…….'

보다 확실한, 비공식적인 술수. 고위 마법사들조차 알아서는 안 되는 그런 특별한 대우가 필요하리라.

'시간이 꽤나 필요하겠구나. 시간이.'

이윽고 22층 탑주의 방에 도착한 허버트.

그곳에는 제법 익숙한 얼굴이 기다리고 있었다.

"오셨어요?"

"황자 전하."

감히 탑주의 자리에 앉아 있는 소년.

5황자 라그나르 그린리버.

그 소년이 탑주를 반갑게 맞이했다.

"제가 많이 늦었습니다."

"괜찮아요. 그보다 하던 말씀이나 계속해 주세요."

"하던 말씀이라 하시면……."

"이안 페이지, 그 마법사 얘기요."

겉과 속이 전혀 다른 두 남자.

의외로 잘 어울리는 한 쌍이었다.

4장
사교계

"거의 절반 크기로 줄인 건데, 괜찮을까요?"

평온한 수도의 어느 날.

이안 페이지의 대저택 앞.

웬 소년 하나가 이안과 마주하고 있었다.

이안보다 서너 살 정도 많아 보이는 소년.

스람 공방의 견습생 '반스'였다.

"더 작아지긴 힘들겠죠?"

"예. 아무래도 지금보다 작게는 좀……."

지니고 다니기 용이한 통신구의 형태.

이안은 끝내 떠올리지 못했다. 해서 스람의 공방에 다시금
의뢰를 맡겼다.

혹시 크기를 줄일 수 있다면 줄여 달라.

그 결과물이 지금 막 도착한 거다.

"충분하긴 합니다. 수고가 많았겠네요."

"공방 최고의 실력자 분들이 며칠 고생 좀 하셨습니다. 저, 저도 많이 도왔고요."

"그 정도로 어려운 작업입니까?"

"예. 아무래도 비싼 물건이다 보니 조심스러운 면도 있고요. 싹 다 해제한 다음에 기초 마나 회로부터 차근차근……."

복잡한 마도 공학 언어들이 들려온다.

단 한마디조차 알아듣기 어려울 지경.

적당히 끊어내고자 말부터 돌리는 이안이었다.

"이건 의뢰빕니다."

"아, 아뇨. 공방주님께서 돈은 받지 말라고……."

"일한 대가는 받아야죠."

"아휴, 절대 받지 말라고 당부하셨습니다요."

돈 주머니를 권하는 이안. 한사코 거부하는 반스.

상관이 그리 명했다는데 어쩌겠는가? 더 높은 지위를 앞세워 강제로 쥐어줄 수도 있겠지만, 그래봐야 저 견습생 소년만 곤란하게 만들 뿐이다.

"그럼."

이안이 의뢰비 중 일부를 집어 반스에게 건넸다.

"배달비라도 받으세요."

"이, 이것도 저는……."

이안은 더 이상 아무 말도 하지 않았다.

조용히 챙겨두라는 암묵적인 표시.

반스 또한 침을 꿀꺽 삼키며 주머니에 넣었다.

"저, 정말 감사드립니다! 이렇게까지 챙겨주시고."

무려 고위 마법사가 베풀어주는 친절이다.

무언가 생각 난 듯 쭈뼛거리기 시작한 반스.

표정이 영 좋지 않다.

"저, 저기 이안 님?"

"말씀하세요."

"일전에, 이안 님께서 처음 공방에 찾아오셨을 때 말입니다. 그때 제가 너무 급한 바람에 그…… 무례를 조금 저질렀던 것 같기도……."

뜬금없이 시작된 반스의 고해성사.

물론 기억에 남아 있는 이안이었다.

"화, 확실한 건 아닙니다만, 맞든 아니든 제가 너무 죄송스러워서. 혹시 기억하신다면 정말로 그때는……."

그날 이후로 걱정이 컸나보다. 충분히 그럴 만 하다.

평범한 귀족도 아니고 고위 마법사에게 무례를 저질렀으니, 어느 날 불쑥 찾아와 저놈들을 당장 끌어내라며 소리쳐도 할 말이 없으리라.

"아, 이제 기억이 좀 나네요."

"예, 예?"

"비키라고 했었던가? 맞죠?"

"허업!"

역시, 괜히 말했다싶은 반스였다.

하여튼 입이 주책이다.

"앞으로는 조심하세요."

"예, 옙! 조심하겠습니다! 감사합니다!"

다른 마법사나 귀족들한테는 조심하란 당부였는데.

그 말뜻을 조금 다르게 받아들인 모양이었다.

'굳이 정정해 줄 필요는 없겠지.'

어차피 말조심하란 뜻은 똑같으니까.

반스를 돌려보낸 이안이 저택 안으로 돌아왔다.

"대장!"

아까부터 대화를 엿듣던 더글라스가 불쑥 말을 건다.

"새로운 부하예요?"

"뭐?"

"아까 그 형아요. 새 부하면 제 밑인데."

"부하는 무슨."

오늘은 더글라스의 첫 등교일이다.

갑자기 어디에 등교를 하느냐?

바로 '황립 연금술 아카데미'.

아주 예쁘게 차려입기까지 했다.

그 아버지인 레디오도 마찬가지였다.

"그럼 녀석 좀 데려다주고 오겠습니다."

"다녀올게요, 대장!"

레디오 부자가 나서자 공허함이 내리깔린 대저택. 어머니도 요즘은 주방에서 통 나오시질 않는다. 새로운 '뉴 팥 파이' 연구에 한창이셨으니까.

황태자의 '진흙' 발언을 듣고 충격이 컸다더라.

그 여파로 이안만 소원 성취 제대로 했다.

슬슬 팥 파이는 추억 속에 묻고 싶어질 정도로.

'평화로워서 좋긴 한데.'

이안 역시 당분간은 크게 할 일이 없었다. 상아탑에서 하는 일이라곤 간단한 교육이 전부. 아카데미 과정을 개인 교습 받는 거나 마찬가지다.

'너무 평화롭단 말이지.'

시간을 되돌린 이래 쉴 새 없이 달려왔다. 마나 반응 검사부터 헬레느와의 일전까지. 체력이야 마나 호흡으로 보충할 수 있다.

하나 정신적 피로는 어쩔 도리가 없었다.

잠깐이나마 쉬고 싶었고, 마침 여유가 생겼다. 한데 그 여유란 놈이 오히려 어색해져 버렸다.

'이렇게 쉬고 있어도 되는 걸까?'

그런 강박감에서 벗어나기가 어려웠다. 자꾸 뭔가를 해야만 할 것 같은 강박감.

힘을 되찾는 것도, 어머니를 지키는 일도, 상아탑의 신흥 세력을 일으킬 계획도, 라그나르를 향한 복수도, 할 일이 태산 같다.

"후우."

커다란 의자에 몸을 뉘인 이안.

이럴 때 아무런 걱정 없이 농담이나 주고받을 수 있는 상대가 있으면 좋으련만.

이안이 고위 마법사임을 알면서도 술수나 견제, 두려움 따위를 전혀 느끼지 않는, 가히 '친구'라고 부를 만한 사람이.

'없나.'

어머니는 어머니다.

레디오는 걱정이 너무 많다.

더글라스는 아직 어리다.

그밖에 인물이라면……

'황태자?'

순간 황태자 하이든을 떠올린 이안, 어이가 없는 듯 머리까지 헝클어뜨린다.

'내가 지금 무슨 생각을……'

떠올릴 사람이 없어서 황태자라니, 정말 머리가 어떻게 돼 버렸나 보다.

지나친 정신적 피로 탓일까?

"이안 님."

그때 저택의 하녀가 이안을 찾았다. 조금은 안면이 생긴 하녀 '하라'였다.

"황궁으로부터 초대장이 도착했습니다."

"초대장이요?"

갑자기 웬 초대장이란 말인가? 딱히 초대받을 일은 없을 텐데? 빠르게 내용부터 확인해 본 이안.

황제가 보낸 초대장이 아니었다. 인장부터 황태자의 것이었으니까. 왠지 모를 반가움마저 느껴졌다.

'사교계라.'

초대장의 내용은 비교적 간단했다.

바로 황실의 '사교계'가 열린다는 것. 특히 이번에는 황제가 아닌, 황태자 주최란다.

그 자리에 이안과 베네사를 초대한다는 내용. 일주일 후, 장소는 당연하게도 황궁 무도회장이었다.

'이런 자리에 나를 초대해?'

본디 마법사는 사교계에 초대받지 않는다.

상아탑의 무기가 강력한 마법이라면, 황실의 무기는 명분과 백성, 그리고 수많은 귀족 가문이 보유한 사병과 재산이다. 따라서 귀족 가문과의 관계가 중요할 수밖에 없고, 그 관계를 돈독히 유지시켜주는 '장치' 중 하나로써 '사교계'가 존재하는 기다.

'생각이 있는 건지 없는 건지.'

그러한 자리에 상아탑의 마법사를. 그것도 고위 마법사를 초대한다? 황제가 안다면 골치깨나 썩힐 일이리라.

-너에게만 미리 알려주는 것이니라!

더욱이 가관인 것은 초대장 아래. 자랑이랍시고 적힌 황태자의 친필이었다.

아마 이안 외 다른 귀족들한테는 사교계 전날. 혹은 당일 날 아침에야 초대장을 보낼 요량일 터. 아군이 되어도 모자랄 귀족들을 골탕 먹이기 위해서.

'그래. 이런 놈이었지.'

마법사 초대에 이어 귀족들까지 불쾌하게 만든다.

사교계의 의미 자체를 역행해 버리는 장난질. 이런 멍청한 장난이 취미인 놈 아니겠는가.

이런 자를 순간적으로나마 떠올리다니? 마음 편히 대화를 나눌 만한 친구로?

스스로가 원망스러운 이안이었다.

딱 이용할 만큼만 이용해먹자. 더도 말고 딱 이용할 만큼만.

"……."

그런데 왜 이토록 신경이 쓰이는 걸까?

이대로라면 가속화가 진행될 뿐이다. 전생보다도 훨씬 빨리 찾아올 거란 얘기다. 모든 귀족이 황태자로부터 등을 돌리는 순간이.

"하, 젠장."

얼굴을 거칠게 문지른 이안.

그가 책상 앞으로 터덜터덜 걸어갔다. 깃펜과 함께 누런 양피지 한 장을 펼쳤다.

황태자에게 편지를 쓰기 위함이었다.

'말을 해줘도 못 알아먹으면, 거기까지인 거지.'

그렇게 되새기며 한 줄 한 줄 편지를 적어 내렸다.

이안이 보낸 편지는 제법 효과가 있었다.

사교계 초대가 예정되었던 귀족들. 그들 모두에게 일찌감치 초대장이 전달되었다.

하나 이안과 베네사의 이름은 끝내 빠지지 않았다. 황태자 주최 사교계의 초대 명부에서 말이다.

딱 절반만큼만 효과를 본 거다.

'그래도 다행인 건가.'

결국 꼼짝없이 사교계에 참가해야 할 상황. 이안은 황제를 알현할 때처럼 차려입었다. 어머니 베네사 또한 마찬가지였다.

"저, 정말 들어가도 되는 건지 모르겠구나."

생전 처음 황궁 앞에 선 베네사, 그녀의 얼굴이 걱정으로 가득했다.

목소리마저 부들부들 떨린다.

"걱정 마세요. 별거 아니니까."

이안도 사교계는 잘 알지 못한다. 다만 그런 생각은 해본 바가 있다.

처음 꽃단장한 어머니를 봤을 때, 귀족가의 영애였다면 사교계에서 한가락 하지 않았을까? 한데 오늘따라 더더욱 확신이 생겼다. 그간 잘 먹고 잘 쉰 데다가 황궁출신 하녀들에게 집중관리까지 받은 결과였다.

'확실히 전문가들은 다르단 말이지.'

분칠부터 드레스와 장신구의 조합까지, 이안은 다시 한 번

느낄 수밖에 없었다.

'나는 아버지를 닮은 게 틀림없다.'

그것이 아니라면 다리 밑에서 주워왔거나. 출생조차 의심케 만드는 어머니의 자태였다.

"이안 님."

마침 이안을 부르는 목소리.

사교계 손님들을 안내하는 하인이었다.

"초대 받으셨다는 말씀을 들었습니다. 이안 님, 그리고 이쪽은 페이지 부…… 인?"

순간 베네사의 외모에 놀란 듯 보이는 하인.

"마, 맞으신지요……?"

최연소 고위 마법사 이안 페이지의 어미가 부엌데기 출신임은 꽤나 유명한 풍문이다. 특히 부엌데기와 마찬가지로 낮은 계층에 속하는 하인으로서는 더더욱 관심을 가질 수밖에 없었다. 인생역전의 표본 그 자체였으니까.

'무슨 부엌데기 출신이…….'

하인 역시 부엌데기라면 많이 봐왔다. 북부 여인 특유의 억척스러움도 안다. 그렇기에 자연스럽게 떠올렸던 외모와 분위기가 있다.

한데 그 예상을 가볍게 뛰어넘어 버렸다.

좀처럼 보기 드문 미인이 아닌가?

"제, 제가 그 페이지 부인은 맞습니다만, 문제라도……?"

"아! 아닙니다. 어서 들어오시지요. 이쪽으로."

겨우 정신을 차린 하인이 앞장서 걸었다.

그럼에도 좀처럼 발길을 떼지 못하는 베네사.

"가요."

"으, 응?"

그런 어머니의 손을 꽉 붙잡는 이안이었다.

"그럼, 편히 즐기시길."

이안과 베네사를 사교장 안으로 안내해 준 하인.

그가 또 다른 손님을 맞이하고자 떠났다.

졸지에 둘만 덩그러니 남겨진 모자.

"새, 생각보다 사람이 많구나?"

"그러게요."

전생에도 사교계와는 연이 없었던 이안이다.

당연한 얘기다. 상아탑의 마법사니까. 그것도 정점에 군림하지 않았던가. 호기롭게 별거 없다고 하긴 했다만, 솔직히 아는 바가 적었다.

'듣던 거 이상인데.'

사교장은 크게 세 갈래로 분류되어 있었다.

먼저 초대된 귀족 가문의 가주들이 모인 곳, 각각 젊은 후계자들이 모인 곳, 마지막으로 부인과 영애들이 모인 곳, 물론 법도가 그리 구분지은 것은 아니다.

암묵적으로 나뉘어져 있을 뿐.

일종의 관례라고 볼 수 있다.

'어머니를 홀로 두기는……'

언제까지 입구에 서 있을 수도 없는 일. 이안은 가주나 후계자들이 모인 자리로, 어머니는 여인들이 모인 자리로 가야 하는데 영 내키지가 않는 이안이었다.

'마법사임을 밝혀야 하나?'

이곳은 귀족들의 사교계다.

위세 높은 가문끼리의 돈독함, 더 높은 가문을 향한 굽실거림, 더 낮은 가문을 아우르는 차별, 실로 정치의 구렁텅이가 아닐 수 없다.

"이안."

고민으로 가득한 이안의 얼굴 탓일까.

먼저 말문을 여는 어머니 베네사였다.

"엄마는 저쪽으로 가 있으면 되는 거지?"

그녀 또한 눈이 있고 생각할 수 있다. 지금 이 사교장이 세 분류로 나뉘어 있다는 사실을 모를 리가 있겠는가.

"아뇨. 그러실 필요는……"

"괜찮아. 모두 고귀하신 분들이시잖니."

웃는 얼굴로 아들을 안심시키는 베네사. 긴장된 발걸음과 함께 귀족가의 여인들이 모여 있는 방향으로 걸어가기 시작했다. 다른 이들이 하는 것처럼 술잔도 하나 집어 들었다.

"어머니."

이안의 부름에 베네사가 뒤를 돌아봤다.

긴장으로 범벅이 된 그녀의 얼굴.

"아들이 누군지 알죠?"

"응?"

"여기에 어머니보다 고귀한 사람은 없어요. 그러니까 당당하게 밝히세요. 아들이 누군지, 어디서 뭐하는 사람인지."

단순히 어머니라서 하는 얘기가 아니다.

베네사는 상아탑의 4클래스 고위 마법사, 바로 그런 권력자의 어머니다. 이 사교장에 모인 귀족 중 그 누구도 베네사보다 낮으면 낮지, 결코 위에 있을 수는 없으리라.

"그럼. 내 아들이 누군데."

주먹을 불끈 쥐어 보인 베네사가 귀족 여인들의 틈바구니 속으로 섞여 들어갔다. 씩씩한 모습이었지만, 이안은 여전히 불안했다. 어느 곳으로 가지도 못한 채 어머니 쪽만 바라봤다.

"부인께서는 어떻게 날이 갈수록 피부가……."

"이번에 저희 차남이 상아탑에……."

"어머, 그런 축하할 일이. 저희 장남은……."

황태자가 입장해 정식으로 사교계의 개회사를 읊기 전까지는 비교적 자유로운 인사로 시간이 보내졌다. 모두가 서로의 얼굴을 잘 알고 있었다. 당연한 일이다. 오직 베네사만이 누구와도 섞이지 못한 채 발만 동동 굴렸다.

　"으음……."

　긴장한 듯 두리번거리는 베네사.

　술잔의 술로 목을 한번 축인다.

　물론 그 조차도 익숙하지 못하다.

　그녀는 술을 좋아하지 않는다.

　'써…….'

　술잔은 그저 장식품일 뿐.

　이런 자리는 정말이지 처음이었다.

　북부에서도 사교계를 몇 번 본 적이 있다.

　하나 북부는 아주 자유로운 분위기였다.

　지금처럼 작게 말하지도, 끼리끼리 모이지도 않았다.

　"저쪽 저 부인께서는?"

　베네사를 향한 누군가의 목소리. 그 목소리를 시작으로 주변의 많은 귀족 여인들의 시선이 베네사에게 쏠렸다.

　"누구시지?"

　"처음 보는 얼굴인데."

　조심스럽게 시작된 수군거림은 점차 늘어나기 시작했다.

그녀들 또한 정치의 한복판에 서 있다. 반드시 익혀둬야 할 얼굴들, 예컨대 위세가 비슷하거나, 혹은 더 높은 가문의 인물들은 대략적으로 알고 있다는 소리다. 특히나 귀족가의 여인들은 그런 성향이 짙다. 때에 따라 강요되기도 하니까.

"……."

일순간 잦아지는 수군거림.

드디어 끝이 난 걸까?

공교롭게도 아니었다.

'계산'이 끝났을 뿐.

"저 정도 얼굴이라면……."

"첩실인가?"

귀족 가문의 여인들이 전혀 모르는 얼굴.

한데도 제법 아름다운 외모, 적지 않은 나이, 무엇보다 저 자신감 없는, 잔뜩 위축된 표정, 여인들의 상식으로 둘 중 하나였다.

별 볼 일 없는 가문의 여인이거나.

혹은 그런 가문의 첩실이거나.

"첩실이 맞는 것 같네요. 엉덩이도 크고."

"엉덩이가 크니 애는……."

"아직 후계자가 없는 가문인가 보지?"

"풉, 부인께서도 참."

작지만 또박또박 들리는 목소리, 한마디 한마디가 또렷하게 들려왔다.

다른 누구도 아닌, 베네사의 귀에.

'내가 왜 여기 있는 걸까······?'

잔을 쥔 베네사의 손이 덜덜 떨렸다. 당장에라도 사교장에서 도망치고 싶었다. 하나 참아야 한다. 조금만 더 꾹 참자.

이안에게 누를 끼칠 수도 있으니까.

'귀족이란 것들이.'

그 수군거림은 이안에게도 전해졌다. 토씨 하나 빠지지 않고 정확하게. 마나로 강화된 청각의 힘이었다.

모두 귀족가의 안주인, 혹은 안주인이 될 계집이다.

설마 저토록 천박하게 수군거릴 줄이야.

'수준을 믿은 내 잘못이지.'

아무래도 정리가 필요할 것 같다.

큰 보폭으로 접근하기 시작한 이안.

바로 그 순간이었다.

"정말 실망스럽네요."

이안의 발걸음을 멈추게 만드는 목소리.

황실의 공주, '하이리 그린리버'였다.

"고, 공주마마?"

갑작스런 공주의 등장에 당황한 여인들.

황태자와 함께 입장해야 할 공주가 어째서?

"세르시오 부인."

"하, 하명하시옵소서. 공주마마."

"정말 엉덩이가 크면 아이를 잘 낳습니까?"

엉덩이를 운운했던 세르시오 가문의 부인.

그 수군거림을 모두 들은 모양이다.

"그, 그것이……."

"제게도 똑같이 말씀해 주실 수 있으신가요?"

"어, 어찌 그런 말씀을……."

"첩실로 들어가 후계를 보기에 충분한 조건이 아닌지요? 여러분들께서 하신 말씀대로라면, 저보다 적당할 수가 없겠군요."

공주는커녕 여인의 그것을 넘어선 언행.

더군다나 그녀는 아직 소녀의 경계에 선 나이다.

아무리 성숙하더라도 쉽지 않은 발언이다.

"사교계입니다. 황태자 전하께서 손수 초대한 손님이라는 말이지요. 한데, 제국 가장 고귀한 핏줄의 안주인 되는 분들이 어찌 시정잡배만도 못한 언사로 황태자 전하의 손님에게 무례를 저지른단 말입니까?"

그럼에도 일말의 거침이 없었다. 여인들은 물론 멀찍이 떨어진 남정네들의 이목까지 집중될 정도였으니까.

"혹시 그런 건가요? 폐하께서 주최하신 사교계가 아니니까, 황태자 전하의 손님쯤이야 막 대해도 된다?"

"마, 마마! 그런 것이 아니오고……!"

거침없는 발언에 사색이 되어버린 여인들.

한숨을 폭 쉰 공주가 베네사에게 다가갔다. 베네사의 안색은 여전히 어두웠다.

"부인. 괜찮으세요?"

"저, 저는……."

"대신 사과드리겠습니다."

"저는 첩실이……."

"네?"

"첩실 같은 게 아니에요."

베네사가 떨리는 손을 진정시켰다.

그리고 얼굴을 들어 이안부터 찾았다.

두 모자의 눈이 허공에 마주쳤다. 무언가 동의를 구하는 베네사의 눈. 이안이 작게 고개를 끄덕였다.

"저, 저는 단지 아들…… 아들 덕분에 초대를 받았습니다. 이런 과분한 자리, 저로서는 많이 부담스럽지만……."

그 말에 가장 먼저 반응을 보인 것은 공주.

다른 부인들은 아직 긴가민가한 얼굴이었다.

가문이면 가문이지, 아들은 또 무슨 소리일까?

"원래는 아들만 초대받아야 하는 자리인데, 저까지 초대를 받게 되어서…… 아, 제 아들의 이름은 이안, 이안 페이지라고 합니다. 어, 얼마 전부터 상아탑의 마법사가 되었답니다."

상아탑의 마법사, 이안 페이지.

그 설명과 이름에 자연히 따라오는 네 가지 단어들.

'상아탑', '최연소', '고위', '4클래스'.

모를 리가 있겠는가. 아니, 모를 수가 없다.

여인들의 안색이 점차 딱딱하게 굳어갔다.

'마, 마법사가 왜?'

'사교계에 마법사를 초대했다고?'

고위 마법사와 그 어미가 사교계에 초대되었다. 제국의 역사를 통틀어 찾아보기 힘든 사태. 하나 지금 당장은 그것이 중요한 게 아니다.

무려 고위 마법사의 어미에게 무례를 저질렀다. 그 돌이킬 수 없는 사실부터가 중요했다.

"황태자 전하께서 입장하십니다."

묵직한 정적이 내리깔린 그때였다.

사람들의 정신을 번쩍 들게 만드는 외침.

장내 모두가 황급히 제자리로 돌아갔다.

몇몇 부인들에게는 오히려 반가운 등장이었다.

"아아, 안녕들 하시오. 안녕들."

경박하게 손을 흔들며 입장하는 황태자.

그가 상석으로 보이는 단상 위에 올라갔다.

평소보다도 한껏 정성 들여 꾸민 자태.

입만 열지 않는다면 조각이 따로 없었다.

"크흠흠! 다들 아시겠지만, 내 이번에는 아바마마를 대신하여 황실의 사교계를 주최하게 되었소. 보자, 개회사라고 준비해 오기는 했는데, 이 개회사를 읊기 전에 먼저 하고 싶은 말이……."

그리 말꼬리를 흘리며 누군가를 찾기 시작했다.

"아! 마침 저기 있군!"

황태자가 찾아낸 것은 소년, 이안이었다. 방금 전까지만 해도 심드렁했던 황태자의 표정이 크게 밝아지는 순간이었다.

"이 자리를 빌려 여러분께 소개를 해드리겠소. 특별히 초대한 손님, 최연소에 빛나는 4클래스 고위 마법사, 모그리안 영지에서 처음 만난 그날부터, 나의 단 하나뿐인 의형제."

황태자는 지금껏 거절을 해왔었다.

사교계를 주최하라는 황제의 권유를.

한데 올해만큼은 태도가 달랐다.

자신이 먼저 주최하겠노라 청을 올렸다.

그 까닭은 간단했다. 바로 이거다.

"이안 페이지!"

※

"부인, 내 경거망동하지 말라고 몇 번을 얘기했소? 가문의 앞날에 먹칠을 해도 유분수지! 정신이 나간 게요? 정신이?"

세르지오 부인을 포함한 몇몇 귀족가의 여인들.

모두 각각의 가주에게 불려가 혼쭐이 나고 말았다.

"최, 최선을 다해 수습⋯⋯."

"최선? 아니, 어떻게든! 반드시!"

꼬이다 못해 불이 떨어진 상황에 여인들은 너도 나도 몸을 낮췄다.

이안의 어머니, 베네사 페이지를 향하여.

귀족인지 하녀인지 분간마저 안 될 정도로.

옆에 있는 공주보다 더 황족 같을 지경이다.

'나보다 낫군.'

고위 마법사라는 신분도 한몫했지만, 황태자의 적절한 등장과 발언이 그야말로 결정적이었다. 지금까지 그저 시큰둥하기만 했던 이안인데, 오늘따라 꽤 마음에 들었다.

'감정적으로 대응하는 쪽보다 오히려.'

시간을 되돌린 이후 줄곧 그래왔다.

이미 한번 어머니를 잃어봤기 때문일까?

자꾸만 감정부터 앞섰다. 어머니께도 결코 좋은 일이 아닐 텐데, 조절하기가 쉽지 않다.

'생각이 많은 것도 흠인가.'

반면 황태자는 말 한마디로 상황을 끝내 버렸다.

저것도 능력이라면 능력 아니겠는가.

의도한 바는 아니겠다만.

"하하! 내 너의 충심 어린 편지는 잘 받았느니라."

뭐가 저리도 좋은지 웃음을 터뜨리는 황태자.

이안 역시 오늘만큼을 귀를 기울여주기로 했다.

저 입이 쏟아낼 시답잖은 이야기들, 언제 충신이 되었고, 또 언제 의형제가 된 건지는 모르겠다만, 못 들어줄 것도 없으니까.

"요즘 내가 책을 좀 읽어. 거기 보니 그런 말이 있더구나. 무릇 군왕 된 자라면 신하의 말에 항상 귀를 열어라!"

일국의 태자라면 8살 정도에 완독했어야 하는 책.

아무래도 지금에 와서야 읽어본 모양이다.

"네가 보낸 편지를 가슴 깊이 새기며 읽었지. 한데 책에 보니 또 이런 말도 있더군? 신하의 말을 가슴 깊이 새기나, 들을 것은 듣고 흘릴 것은 흘려라. 그런 안목을 길러라."

잔뜩 의기양양해진 황태자가 말문을 이어갔다.

"해서 그랬다. 네 말대로 가벼운 장난은 참았다만, 도저히 너를 초대하지 않을 수가 없더구나. 사교계를 주최한 이유를 어찌 저버리겠느냐? 그런고로 딱 공평하게 반반! 반은 듣고 반은 흘린 게지. 군왕의 덕목에 따라서 말이야."

들을 것은 듣고 흘릴 것을 흘리리는 말.

그 말이 반반씩 나누라는 뜻은 아닐 텐데.

오늘만큼은 그렇다고 쳐주자.

"훌륭하십니다."

"뭐 훌륭할 정도까지야. 앞으로 종종 그…… 뭐더라? 그래! 충언! 충언을 올리도록 해라. 어린아이인 줄로만 알았더니, 나를 생각하는 마음이 그토록 깊었을 줄이야."

황태자의 말에 이안은 고개만 끄덕였다.

미소 띤 얼굴도 잊지 않았다.

"아 참, 그런데 말이다. 아까 처음 들어왔을 때, 분위기가 좀 미묘하던데. 혹 무슨 일이 있었던 게냐? 원래는 하이리…… 아니, 공주도 나와 함께 입장하기로 되어 있었거든. 한데 그 녀석도 먼저 와 있고."

그리 말하며 공주와 베네사를 바라보는 황태자였다.

평생 눈치만 보며 살아왔기 때문일까.

분위기를 감지하는 눈만큼은 탁월했다.

"별일 아니옵니다."

"뭔가 있긴 있었다는 얘기로 들리는데."

"오해가 있었습니다. 귀족 분들께 저와 어머니는 낯선 얼굴이 아니겠습니까."

"하! 대충 알겠다. 귀족 놈들 하는 짓거리가 그렇지."

묘하게 일그러지는 황태자의 눈매.

역시 이상한 부분에서 눈치가 빠르다.

"내 가만히 있을 수가 없군."

"전하."

"걱정 마라. 귀족의 충성을 자아내라는 네 간곡한 충언, 잊지 않았으니까. 나도 한다면 하는 사람이니라."

호언장담을 하며 여인들이 모인 구역.

정확히는 베네사에게 다가가는 황태자였다.

"페이지 부인, 내 초대를 해놓고 인사가 늦었소."

사뭇 진지한 태도로 인사를 건네는 황태자.

베네사 역시 당황한 듯 예를 갖췄다.

"화, 황태자 전하."

"하나뿐인 의형제의 모친 되시는 분을 너무 홀대한 것 같군. 가만, 따지고 보면 이 족보가…… 의어머니로 모셔야 하는 건가?"

아주 장난스럽게 건넨 황태자의 한마디.

존재하지도 않는 호칭이다.

하나 맥락만큼은 확실하게 전해졌다.

"무엇이든 말씀만 하시오. 내 뭔들 못 들어드릴까?"

"서, 성은이 망극하옵니다."

옆에서 알랑방귀를 뀌어대던 귀족가의 여인들.

특히 세르시오 부인을 포함한 몇몇 요주의 여인들.

그녀들의 표정이 실로 가관이었다

공주에 이어 고위 마법사, 이제는 황태자다.

그것도 저리 살갑게 부르며 다가온다.

'의어머니'라는 호칭까지 운운하며 말이다.

잘못 건드렸다. 건드려도 한참 잘못 건드렸다.

'확실히 나보다 한 수 위다.'

그 모습을 바라보는 이안.

끝내 인정할 수밖에 없었다.

귀족의 정신머리를 쏙 빼놓는 능력.

그것 하나만큼은 가히 천하제일이리라.

"흐음."

문득 느껴지는 시선에 주변을 둘러보는 이안이었다.

수많은 가주와 후계자들이 이안을 힐끔거린다.

황태자가 없는 이참에 접근해보려는 심산일 터.

'슬슬 귀찮아지기 전에……'

이안이 슬쩍 자리를 피했다.

사교장과 연결된 테라스 쪽으로 나가 버렸다.

이곳만큼은 아무도 없을 줄 알았건만.

웬 커다란 신장의 남자가 보였다.

평범한 귀족이라기엔 믿기 힘든 건장함.

"올리버 경?"

그는 놀랍게도 단장 올리버였다.

놀라운 이유는 바로 저 복장.

갑옷 입은 모습만 봤기 때문일까?

정복을 차려입은 모습이 실로 어색했다.

"이안 님."

본인 또한 심히 어색한 모양이었다.

오죽하면 묻지도 않았는데 먼저.

"황태자 전하께서 내리신 명령인지라."

정복 차림새의 까닭을 알려준다.

아무래도 올리버까지 초대해 버린 모양이다.

갑옷이 아닌, 정복으로 참석하라 명령했겠지.

"갑옷이 날개셨네요."

"크흠!"

이안의 농담에 헛기침마저 내뱉는다.

평소 흐트러짐이 없음으로 유명한 기사.

그런 자도 사교계는 영 취미가 아닌가 보다.

"……."

농담을 끝으로 잠시간 찾아온 정적.

그 정적을 깨는 쪽은 올리버였다.

"……소문은 들었습니다."

"소문이요? 어떤 소문을 말씀하시는지."

"고위 마법사, 헬레느. 그 여인을 꺾었다 하더군요."

"그런 소문이 돈단 말입니까? 신기하네요. 상아탑에서 일어난 일은 대부분 기밀로 처리가 된다던데."

"정보력조차 없다면 기사가 무엇을 준비할 수 있겠습니까? 이런 시대에."

이런 시대.

마법사가 무력의 최정상에 군림하는 시대.

칼잡이는 단지 소모품, 집지키는 개.

심지어 장식품으로 전락해 버린 시대.

올리버의 목소리가 쓸쓸함으로 물들었다.

"황태자 전하께 보낸 편지도 읽어봤습니다."

"그것도 기사의 정보력인가요?"

"아뇨. 전하께서 직접 보여주셨습니다."

나름대로 농담을 건넨 것인데.

두 번은 통하지 않는 모양이다.

"놀라웠습니다. 어린 나이에 고위 마법사로 등극한 것, 그런 건 마법적 역량으로 정해지는 거라 치겠으나, 편지의 내용은…… 전하께서 처하신 상황은 물론 성정까지 꿰뚫어본 것 같더군요."

작금의 황태자가 처한 상황, 성정.

전생과 마찬가지로 최악이나 다름없다.

누구도 황태자를 황제감이라 여기지 않는다.

오죽하면 그를 모시는 단장 올리버조차.

"어린 나이가 맞는지 의심스러울 정도였습니다."

"하하. 별일을 다 겪다보니까……."

이안의 가벼운 얼버무림에 올리버는 들고 있던 술잔을 홀짝거릴 뿐이었다.

겉으로 보이지 않을 뿐, 취기가 제법 오른 상태였다.

"한데 그보다 더 놀라운 것은, 전하께서 이안 님의 말이라면 일단 듣고 본다는 겁니다. 폐하의 말씀조차 흘려 버리시던 분이, 자신보다 한참 어린 마법사의 말은 끝내 들으시더란 말입니다."

올리버로서는 놀라운 일이 아닐 수 없었다.

희망이란 신기루가 잡히는 것 같았다.

황태자를 변모시킬 유일한 기회가.

"그렇기에, 확인을 해둬야겠습니다."

"확인?"

"이안 님께서는 누구십니까?"

올리버는 확실히 알아둬야만 했다.

이 현상이 과연 올바른 변화인지.

아니면 경계해야 할 변화인지.

"아니, 누구인지는 중요치 않습니다. 이느 쪽에 시느냐가 중요하겠죠. 상아탑은 5황자 전하를 지지한다 하더군요. 그러니 묻겠습니다. 이안 님께서도 상아탑과 뜻을 함께하실 생각이십니까?"

상당히 직설적인 질문.

아이에게 던질 만한 질문이 아니었다.

하나 올리버의 목소리는 어느 때보다 진중했다.

어린 나이? 그게 무슨 상관이란 말인가?

이미 보았다. 이안 페이지가 가진 힘을.

편지로 확인했다. 저 소년이 품은 생각을.

또한 느꼈다. 저택에서 마주했던 그 기세를.

"취하신 것 같군요. 저는 아직……."

"들어야겠습니다. 그래야 판단할 수 있습니다."

이안을 보는 올리버의 눈이 일순간 번뜩였다.

취기 따위 단숨에 몰아내 버리는 정신력.

"피아를."

황태자를 쥐락펴락할 수 있는 상아탑의 마법사.

그 위험한 존재를 확실하게 정의해야만 했다.

지난 세월, 모든 명예와 속삭임을 뒤로한 채.

결코 흔들리지 않는 바위처럼 지켜낸 위치.

황태자의 첫 번째 호위기사로서.

"무의미한 질문이네요."

천천히 입을 여는 이안.

올리버가 바랐던 대답은 아니었다.

"이런 상황에 제대로 대답할 사람이 어디 있겠습니까?"

맞는 얘기다.

황태자의 편에 설 것이라 대답하면 그만이다.

진실을 말해봐야 무엇 하겠는가?

"거짓이든 진심이든."

하나 올리버는 바보가 아니다.

그러한 경우를 떠올리지 못했을 리가 없다.

그럼에도 이토록 직설적으로 물어보는 이유.

"판단은 제가 하도록 하겠습니다."

아군이 될 수 있는 가능성을 봤으니까.

함께 할 여지가 충분하다 판단했으니까.

"글쎄요. 아직 잘 모르겠네요."

"그런 대답은 원치 않습니다."

"사실인 걸 어찌 합니까?"

이안 또한 진심 어린 대꾸였다.

누군가를 지지할 생각 자체가 없었다.

황제고 통일이고 이제와 무슨 소용이겠는가.

그저 라그나르의 모든 것을 방해하고자 했다.

복수는 아주 극적인 순간에 시행할 계획이었다.

그때쯤이면 거의 모든 힘을 되찾을 터.

소중한 이들과 행복하게 살면 그만이다.

"다만."

이안이 올리버의 눈을 똑바로 바라보며 말했다.

제2 황실 기사단장, 올리버 레이우드.

끝까지 황태자의 곁에서 생을 마감한 기사.

이 정도 언질은 남겨줄 수 있을 것 같았다.

"5황자를 지지하는 일은 없을 겁니다. 절대로."

올리버가 흠칫 놀란 듯 주변부터 둘러봤다.

예상했던 것보다 훨씬 직설적인 확언.

그러나 걱정한 바는 벌어지지 않았다.

사일런스 주문이 소리를 차단한 뒤였으니까.

오직 올리버 한 사람만 들을 수 있었던 대답.

"대답이 좀 되었나요?"

"지금으로서는 충분합니다."

"다행이네요."

"하면 한 가지 부탁을 드리겠습니다."

"들어는 보죠."

"결정을 내리실 때까지, 대련 상대가 되어주십시오."

"대련 상대?"

다소 뜬금없는 요청에 이안이 고개를 갸웃거렸다.

피아구분에 이어 이번에는 대련 상대가 되어달라?

"맞설 힘이 필요합니다."

"마법사에게 말입니까?"

"그렇습니다."

기사는 마법사와 합을 맞춰볼 기회가 적다. 아니, 아예 없다고 표현하는 쪽이 옳으리라.

올리버로서는 그 기회가 누구보다 절실했다.

"그 검이 저를 향할 수도 있을 텐데요?"

"부정하지 않겠습니다."

"생각보다 뻔뻔한 구석이 있으시네요."

그 또한 결코 부정하지 않는 올리버였다.

마법사와의 전투 경험을 얻을 수만 있다면 백번이고 뻔뻔해질 필요가 있었으니까.

"거절합니다."

"까닭을 여쭈어도 되겠습니까?"

"득이 될 게 아무것도 없으니까요."

노골적이면서도 명확한 이안의 대답.

득 될 것이 단 하나도 없다.

"대가를 지불한다면 어떻겠습니까?"

"만족할 만한 대가가 있을지 모르겠습니다만."

이안은 시간이 빌 때마다 수련에 매진해 왔다. 독사적인 마나 호흡부터 술식의 개량까지.

그만큼 이안에게 자투리 시간이란 중요했다. 어지간한 재물로는 내어주기 힘들 정도로.

황제나 황태자가 내린 명령이라면 모를까.

"이 목걸이는."

착용하고 있던 목걸이를 풀어 보이는 올리버. 흔한 보석조차 장식되지 않은 목걸이였다.

"처음 황태자 전하의 호위기사로 임명되었던 날, 황비마마께서 하사해 주신 목걸이입니다. 언제나 머리를 맑게 해주는, 특별한 마법이 담긴 목걸이라 하시면서."

마법이 담긴 목걸이?

다시 한 번 목걸이를 자세히 바라보았지만 특별한 구석이라고는 단 하나도 보이지 않는다.

"착용해 보니 확실히, 효과가 있더군요."

심지어 효과가 있단다.

그렇다면 마법의 효과가 명백하다.

올리버 또한 마나 하트를 가진 기사니까.

'아, 그러고 보니.'

희미한 기억 한줌이 이안 앞에 아른거렸다.

마지막 소유자가 황비였다는 사실만 파악된. 끝내 찾을 수 없었던 황실 보고의 보물 중 하나. 그 또한 목걸이였다는 기억이 어렴풋이 떠오른다.

'그건가.'

정황상으로 볼 때는 맞는 것 같다.

당시 올리버의 시신은 그야말로 참혹하게 조각났다. 온갖 고위 마법과 함께 산산이 부서졌다는 얘기다. 목걸이 역시 주인과 함께했을 가능성이 높다.

"이 목걸이를 대가로 지불하겠습니다. 저보다는 이안 님께 도움이 될 물건이라고 확신합니다. 마법사는 머리로, 칼잡이는 본능으로 싸우는 법 아니겠습니까?"

꾸준한 대련이 필요한 이유도 그래서였다.

마법사를 상대할 때 발동시킬 기사로서의 본능. 아직 만들어지지 않은 본능을 육신에 새기기 위하여.

"돌아가신 황비마마의 하사품 아닌가요?"

"황태자 전하를 잘 보필하라는 뜻으로 하사 받은 물건입니다. 그 뜻을 좀 더 오래 지키고자 함이니, 황비마마께서도 이해해주실 거라 믿습니다."

올리버의 뜻은 확고했다.

이안에게도 나쁘지 않은 대가였다.

마법사는 언제나 최상의 두뇌를 유지해야 하는 법.

저 정도 수준의 아티팩트라면 꽤나 도움이 되리라.

"좋습니다. 받도록 하죠."

조심스레 목걸이를 건네받은 이안. 마나를 살짝 주입시키자 기다렸다는 듯 공명한다.

고차원적 술식이 걸린 아티팩트 특유의 반응.

바로 그때였다.

콰앙!

갑작스러운 폭발음이 황궁 밖에서 들려왔다.

먼발치 하늘 높게 치솟는 까만 연기.

거기서 끝이 아니었다.

쾅! 콰앙! 쾅!

연이어 들려오는 단발적인 폭발음. 지축을 뒤흔들 정도로 강력한 폭발은 아니었다. 하나 황궁 안팎을 위협적으로 압박해 왔다.

무엇보다도.

콰아앙!

사교장 안쪽에서 똑같은 폭발 소리가 들려왔다. 구석진 곳에 크지 않은 불길이 타오르고 있었다. 다행스럽게도 인명 피해는 없는 것 같았다.

"황태자 전하!"

올리버가 황태자 쪽으로 쏜살같이 달려갔다.

이안 또한 어머니의 팔을 붙잡고 황태자 옆에 세웠다.

베네사와 함께 있었던 공주 역시 함께였다.

"마나 베리어."

황태자와 어머니, 그리고 공주에게 보호막을 씌운 이안.

그가 아무런 거리낌도 없이 공주에게 말했다.

"보호막에 마나, 주입시킬 줄 압니까?"

"……네?"

실로 많은 의미가 담긴 이안의 물음에 당황한 듯 눈동자를 떠는 공주 하이리.

자신이 마법사라는 사실은 비밀 중에 비밀이다. 한데 그 비밀을 어찌 알고 있단 말인가? 이 최연소 고위 마법사라는 소년이?

"정신 차리고 대답부터 하세요."

"배, 배우기는 배웠는데……."

"조금씩 주입시키세요. 당분간 유지될 겁니다."

용건을 끝낸 이안이 단호하게 시선을 거뒀다. 더 이상 말 한마디 붙이기조차 어려운 상황. 보호막 유지부터 집중하는 하이리였다.

"너무 좁습니다. 빠져나가야 하지 않겠습니까?"

올리버가 다급한 어조로 물었다.

공격을 감당해 낼 공간이 필요했다.

이안도 같은 생각이었다.

방금까지는 그랬다.

'뭔가 이상해.'

조금 더 정확히 표현하자면, 허술하다. 황궁 안팎으로 들려왔던 연쇄적인 폭발음. 미리 설치해 둔 폭약들을 터뜨린 게 분명한데.

'목적이 뭐지?'

내부까지 설치된 것으로 봐선 내부자의 소행이다.

그것도 꽤나 오랜 기간 준비했을 터, 한데 그런 것치고 너무 미약하다.

이 폭발로 이루고자 하는 바가 애매하다는 얘기다. 황궁을 무너뜨릴 만한 대규모 폭약이었다면 모를까. 이 정도로는 성벽조차 제대로 허물지 못한다. 딱히 인명피해를 노렸다 보기도 힘들었다.

"황태자 전하! 괜찮으십니까? 황태자 전하!"

폭발음을 듣고 한달음에 달려온 제2 황실 기사단.

그들이 훈련 받은 그대로 넓게 포진되었다. 황태자의 신변을 지키기 위한 진영이었다.

"단장, 다치신 곳은 없으십니까?"

"괜찮다. 바깥 상황은?"

"급히 긴급 통신구를 발동시켰습니다."

황궁의 긴급 통신구, 모든 기사단 본부와 제국군 병영, 그리고 상아탑까지 연결되는 통신망이다.

유사시 대부분의 병력을 황궁으로 집중시키는 수단, 그 긴급 수단이 바로 지금 발동된 거다.

'긴급 통신구?'

황성으로 모든 병력이 집결되는 상황.

오히려 이러한 경우를 노린 폭발이라면?

허술한 게 아니라, 이 정도가 최선이었다면?

'혹시.'

이안이 다가간 사교장 한쪽 구석에 넙죽 엎드려 떨고 있는 하녀들이 보였다.

"고개들 드세요."

"나, 나리! 쇠, 쇤네들은 아무것도……."

"묻는 말에 대답만 해주시면 됩니다."

그 말에 천천히 고개를 드는 하녀들은 하나같이 겁에 질린 얼굴이다.

"별궁 시녀 이자벨, 혹시 아는 이름입니까?"

갑자기 별궁 시녀는 왜 찾는 걸까?

눈치를 살피던 하녀 하나가 입을 열었다.

"아, 알고 있습니다."

"사교장에 왔었나요?"

"예? 아, 예! 구경을 해보고 싶다면서, 원래 배속되었던 제 친구랑……."

본디 사교장에 배속된 황태자궁의 하녀들. 그중 한 명과 하루 업무를 바꿨다는 소리였다.

잘난 귀족들이 모이는 사교계 구경을 핑계 삼아.

'콜드워커.'

별궁 시녀, 미래의 별궁 시녀장 이자벨. 그녀 또한 콜드우드의 첩자, 즉 콜드워커다. 세실리아와의 일전에서 언급했던 바가 있다. 아마 사교장의 폭발은 이자벨이 담당했을 터.

'속임수다.'

몇몇 첩자들을 이용해 장기간 설치해 둔 속임수. 마침 사교계의 소식이 전해졌고, 시기를 잡았으리라.

귀족들이 대거 모인 상황, 그 와중에 벌어진 테러. 성급히 대응하기에 차고 넘치는 요건이니까. 예컨대 긴급 통신구를 발동시킨다든가.

지금처럼 말이다.

'놈들의 진짜 목적은 세실리아.'

상아탑이 허술해진 틈을 타 접근할 계획.

그녀를 구출한다? 아니, 그럴 리는 없다. 제아무리 콜드워커라도 구출은 불가능하다. 찰나의 기회를 틈타 접촉만 시도할 뿐.

세실리아가 가진 정보를 취한 뒤에.

'아마 제거하겠지.'

흔하디흔한 꼬리 자르기.

세실리아가 제거되는 것은 괜찮다.

다만 이안에 관한 정보가 넘어가는 일.

이안 페이지라는 소년이 콜드워커는 물론 대부분의 명단까지 알고 있다는 사실.

그것만큼은 막아야겠다.

5장
큰 공을 쌓다

'살다 살다 남의 동네 상아탑까지.'

마법사들이 대거 황궁으로 향한 상아탑.

그 내부로 숨어든 콜드워커 암살자 '다니엘'.

행동과는 달리 어느 때보다 긴장된 상태였다.

타국의 상아탑 내부 아니겠는가? 1, 2클래스 마법사 일부만 남아 있다고는 하나, 그마저도 정면으로 마주친다면 감당키 어렵다. 최상급 암살자라 한들 방도가 없다는 얘기다.

'틈새 조금 벌리자고 별짓을 다 했네.'

무려 그린리버 제국의 황궁을 테러했다. 어렵사리 침투시킨 첩자들을 복귀시켜야 하는 상황, 그만큼 세실리아의 발각은 본국의 심각한 문제였다. 이해할 수 없는 정황이 한두 개가 아니었다. 실체를 확인해야만 앞으로의 행보를 정할 수 있으리라.

'마나 트랩만 조심하자고.'

상아탑 깊숙한 곳으로 내려가는 통로.

그 요소요소에 설치되어 있을 마나 트랩.

마음같아선 제어실부터 찾아 작동을 중지시키고 싶었으나, 시간이 촉박하다. 지금껏 훈련받은 대로 회피 혹은 무력화시키며 나아가는 수밖에 없다. 애당초 본국도 그러한 부분을 고려하여 가장 특화된 암살자를 파견시킨 거니까.

'별거 아니지.'

암살자 다니엘이 마나 트랩을 차근차근 피하거나 속이며 빠르게 나아갔다. 그는 이 분야의 스페셜리스트다. 마나 트랩쯤이야 문제 될 건 없었다. 방해꾼만 없다면 말이다.

"휴우!"

세실리아가 감금된 마나 감옥은 지하 중에서도 최하층, 바로 그 앞에 도착한 다니엘이 긴 숨을 내쉬었다. 마나 감옥의 외벽을 통통 두드리면서.

"누구……?"

세실리아의 얼굴에 경계심이 잔뜩 서렸다. 상대는 복면과 후드로 얼굴을 가리고 있었으니까. 상아탑의 시험일지도 모르니 조심할 필요가 있다.

"나야. 언니."

젊은 남자의 목소리다. 그런데 언니라고?

세실리아가 단박에 얼굴을 찡그렸다.

"다니엘?"

"눈치는 여전하셔."

암살자 다니엘이 후드와 복면을 내렸다.

사창가의 계집처럼 진하게 분칠된 화장, 그 화장이 땀으로 한껏 번져 있었다. 보고 있기에 썩 좋은 몰골은 아니었다.

"말해봐. 할 얘기 있지?"

"나, 난 아무것도 말하지 않았어!"

가장 먼저 튀어나온 말은 역시나 자기 변호. 진심이었다. 그녀는 아무것도 말하지 않았다.

복면 쓴 자와의 만남이 거짓이란 사실조차도.

무슨 말을 하든 마나 각인까지 해명해야 한다.

그럴 바에야 침묵으로 일관하는 쪽이 유리했다. 시간을 벌다 보면 본국의 조치가 취해질 테니까.

"알아. 근데 그런 거 말고."

"이, 일단 풀어줘! 내가 직접 본국으로 가서……."

"누가 안 풀어준데? 따로 움직여야 할 거 아니야? 당연히 내가 먼저 도착하겠지."

먼저 도착해 보고부터 할 테니 필요한 정보를 달라.

다니엘의 뜻은 그러했다. 옳은 말이기도 하다. 보고를 해야 그에 따른 대처도 시작할 수 있다.

"그, 그 꼬마, 이안 페이지…… 그놈이 다 알고 있어."

"뭘?"

"콜드워커의 존재, 소속 명단까지."

"……사실이야?"

그 최연소 고위 마법사 놈이 문제의 원흉일 거라 예상은 하고 있었다. 다니엘뿐만 아니라 콜드워커를 아는 본국 인물 전체가 그렇게 생각했다. 한데 설마 그 정도였을 줄이야, 심지어 명단까지 확보하고 있다고?

"나도 몰랐던 마나 각인까지 알고 있었어."

"그건 대부분이 그래. 이제야 알려주더라. 위에서."

어떠한 관점으로 보든, 상상 이상의 존재가 확실하다.

결코 가볍게 넘길 수 있는 사안이 아닐 터.

"그래서, 다른 건?"

"끝이야. 계속 떠들 시간 없잖아? 나가자니까?"

"흐음, 그렇단 말이지."

고개를 끄덕인 다니엘이 마나 감옥을 열었다.

급격하게 밝아지는 세실리아의 얼굴.

몇 발자국만 나가면 마법을 쓸 수 있다.

훈련된 첩자치고 생존욕구가 강한 그녀였다.

"참, 세실리아."

"또 뭐⋯⋯."

더 이상 들리지 않는 세실리아의 목소리.

가녀린 목에 단검이 쑤셔 박힌 탓이었다.

아직 마나 감옥 안, 그곳의 세실리아는 평범할 뿐 마법사적인 반응도, 대처도 할 수가 없었다.

"쿨럭!"

피가 솟구치는 목을 부여잡은 채 주저앉아 버린 세실리아.

다니엘이 싱긋 웃으며 그녀와 눈높이를 맞췄다.

"위에서도 언쟁이 꽤 길었어. 3클래스 마법산데, 구출하는 게 좋지 않겠냐고."

그리 말하며 세실리아가 입은 옷으로 단검의 피를 닦았다.

"결론은 이거야. 여기가 어딘데 혹을 달고 탈출해?"

곧 성벽이 닫히고 병사가 깔려 탈출로를 봉쇄할 터. 도주와 은신에 젬병인 세실리아는 짐짝일 뿐이다.

그 잘난 마법조차도 별 도움이 되지 않는다.

"그러게 노력 좀 하지. 평가 점수도 최하위였던 주제에."

"끄으으⋯⋯!"

"마법 하나 믿고 떵떵거릴 때부터 알아봤다, 내가."

자리를 털고 일어난 다니엘.

해줄 조롱은 많았지만, 시간이 없다.

"그럼 잘 있어. 아니, 잘 가."

"너도."

"……?"

절묘하게 끼어드는 제3자의 목소리.

다니엘이 본능적으로 몸을 내던졌다.

"누구……!"

하나 그것은 쓰잘머리 없는 몸부림에 불과했다.

어느덧 다니엘의 발아래 한껏 맺혀 버린 냉기, 그 냉기가 얼어붙으며 두 다리를 낚아챘으니까.

"너, 넌……?"

작은 소년, 그리고 마법.

그것만으로도 충분히 알아챌 수 있었다.

저놈이구나. 그 이안 페이지라는 마법사가.

'벌써 왔다고? 사교장에서? 아니, 그보다…….'

기척을 지워내는 암살자로서의 능력, 그 반대로 기척을 감지해 내는 능력까지 콜드워커 내 최고라 자부했던 다니엘이다.

그런 자신이 아무런 기척도 느끼지 못했다니?

"생각보다 오래된 취미였네. 분칠 말이야. 덕분에 알아봤어."

"너, 정체가 뭐지? 어떻게 우리를……?"

"세실리아는 벌써 제거한 건가?"

"우리 쪽에서 탈주한 놈? 아니면……."

"잘했어. 고민 하나 덜었다."

계속해서 물고 늘어지는 다니엘의 물음에 물론 대답해 줄 생각이 전혀 없는 이안이었다. 목적을 달성하기 위해 달려왔을 뿐이니까.

"그럼 이제……."

"자, 잠깐! 날 생포하는 쪽이!"

"너만큼은 내 손으로 끝내고 싶었는데."

"……뭐?"

"이제야 푸는군. 동기들의 한."

"나는 네 동기를 죽인 적이……."

"없겠지. 아직은."

다니엘의 두 다리에 얼어붙었던 냉기가 스멀스멀 위로 올라왔다.

허벅지를 지나 사타구니, 골반, 허리, 복부와 가슴, 어깨, 팔, 손가락까지.

"십 년도 더 남은 일이니까."

"끄으으으윽……!"

다니엘은 필사적으로 발버둥을 쳤지만 그건 생존을 위한 본능이 아니었다.

본국에 정보를 넘기지 못한 후회.

그는 세실리아와 본질적으로 달랐다. 행실과 별개로, 완벽하게 길들여진 사냥개였으니까.

"이렇게 생각해. 저번에는 내 동기들이 죽었고."

이윽고 목과 턱, 머리끝조차 전부. 그야말로 꽁꽁 얼어붙어 버린 다니엘의 전신.

얼음에서부터 탁한 빛이 맴돌았다.

"이번에는 네가 죽는 거야."

다니엘로서는 이해하기 힘든 이야기.

아마 영원히 그 뜻을 알아차릴 수 없으리라.

"공평하게."

잠시 기다렸던 이안이 얼음덩어리를 툭툭 쳤다.

가볍게 두드렸을 뿐인데, 쩍쩍 갈라지기 시작한다.

얼음덩어리에서 토해지는 다니엘의 육신.

그가 얼음에 갇혀 있었던 시간은 찰나였다. 한데도 핏기 하나 없는 시체로 변해 버렸다.

'보자.'

그런 다니엘의 시신을 이곳저곳 뒤적거린 이안. 혹시 모를 문제점이 있다면 사전에 제거하기 위함이었다.

콜드워커의 지령서라거나, 기타 문제가 발생될 물건들.

다행이 그러한 요소는 없는 듯하다.

'이놈은 마나 각인이……'

다니엘의 마나 각인 위치는 오른쪽 어깨뼈 아래. 그 위치를 찾아냈을 때쯤 마법사들이 몰려왔다.

이안이 상아탑으로 향했음을 전해들은 마법사들.

탑주는 황궁에 남아야 했기에 고위 마법사 로난을 필두로 복귀했다.

"이게…… 이게 다 어찌 된 일인가?"

목을 부여잡은 채로 죽어 있는 세실리아와 이미 싸늘하게 식어버린 정체불명의 인물.

일련의 사태에 대한 해명을 요구하는 로난이었다.

"세실리아가 왜…… 그자는 또 누구고?"

이안은 대답하지 않았다.

대신 다니엘의 어깨뼈 아래 마나 각인. 바로 그 문양을 모두에게 보여줬다.

세실리아의 몸에 새겨진 것과 똑같은 문양을.

한차례 폭풍이 그린리버 제국을 휩쓸고 지나갔다.

가장 먼저 시작된 것은 대대적인 마나 각인자 색출.

이번에야말로 '대대적'이라는 표현이 어울릴 정도였다.

황궁의 모든 인사는 물론 귀족부터 백성에 이르기까지 전영지를 대상으로 시행하라는 황명이 떨어졌으니까.

　뒤늦은 행보였으나, 하지 않을 수도 없는 일이었다.

　"벌써 황궁에서만 두 명의 인사가 행방불명되었소! 시녀부터 황실의 서기관까지! 그런 불순분자들이 활개 치고 다니는 동안 대체 무얼 했단 말이오? 탑주. 대답을 해보시오! 모든 권한을 상아탑에 맡겨 달라, 반드시 발본색원하겠다고 장담하지 않으셨소?"

　황제의 분노는 고스란히 상아탑으로 흘러들어 갔다.

　상아탑은 세실리아의 독점적인 조사를 허가받았다.

　한데 성과는커녕 첩자들 간의 접촉까지 허용할 뻔했다.

　동료로 추정되는 자들이 황궁마저 활개 치고 다녔다.

　입이 백 개라도 할 말 없는 상황이 아니겠는가.

　"내 더 이상은 상아탑의 장담을 믿을 수가 없는 바, 오늘부로 상아탑에 위임했던 모든 수사권을 회수하겠소. 하니 지금껏 수집한 자료들을 황실과 기사단, 제국군에 공개토록 하시오. 짐의 말을 아시겠소?"

　황실과 상아탑은 본디 수평적인 관계다.

　하나 이럴 때만큼은 한쪽으로 기울 수밖에 없다.

　모든 명분과 대의가 황실로 쏠렸다.

　지금은 그저 넙죽 엎드리는 게 상책이리라.

"즉시 분부대로 행하도록 하겠나이다. 폐하."

황제와 황태자, 그리고 모든 대소 신료가 참석한 대전 회의.

공손한 자세로 황제의 엄명을 떠받드는 탑주 허버트였다.

"물러가 보시오. 할 일이 아주 태산 같을 터이니."

황제가 엄중한 표정으로 탑주를 돌려보냈다.

수평적 관계란 쉬이 유지할 수 있는 게 아니다. 때로는 친구같이, 때로는 철천지원수같이 오직 황제만이 할 수 있는 줄타기나 마찬가지였다.

'저 녀석도 깨달아야 할 터인데.'

황제가 우측 아래 마련된 황태자의 자리를 슬쩍 바라봤다.

뭐가 그리도 좋은지 헤실헤실 웃고 있는 황태자.

상아탑이 망신을 당하는 것 같아 좋은 모양이다.

'……아직 멀었구나.'

숨을 푹 내쉰 황제가 다음 안건을 시작했다.

이번 사태의 가장 큰 책임은 단연코 상아탑에 있다. 하나 가장 큰 공로 역시 상아탑에서 가져갔다.

정확히는 상아탑의 최연소 고위 마법사가.

"마법사 이안 페이지는 앞으로 나와, 폐하께 예를 올리시오."

내관의 목소리와 함께 대전으로 진입하는 소년.

아주 단정하며 깔끔한 차림새, 정갈히 넘긴 머리칼.

고위 마법사 이안 페이지의 두 번째 알현이었다.

"또 보는구나. 이안 페이지."

탑주를 대할 때와는 정반대로 온화해진 목소리.

황제 테리 그린리버가 이안에게 말했다.

"본론으로 들어가기에 앞서, 모두에게 얘기할 기회부터 주겠느니라. 보고는 받았지만, 당사자의 직접적인 경험을 궁금해 하는 이들이 있을 터. 간략하게나마 말해줄 수 있겠느냐?"

사교장에서부터 상아탑 지하까지의 상황.

당시 떠올렸던 순간순간의 추측, 판단, 행동, 그 모든 것들을 직접 얘기해 달라는 요청이었다.

물론 상세한 내용은 신료들 모두가 알고 있었다. 이는 단지 공치사 전, 가벼운 분위기 전환일 뿐.

"물론이옵니다. 폐하."

"하면 들려다오. 그날의 정황을."

황제의 요청에 이안은 잠시 숨을 골랐다.

철저히 이안 자신한테 득이 되는 내용으로.

그 어떤 의심도 생기지 않도록 그럴듯하게.

"사교계 당일, 해가 진 이후였습니다. 황궁 안팎으로 연쇄적인 폭음이 들려왔습니다. 사교장 안에서도 들려왔기에 즉시 황태자 전하와 공주마마, 소인의 어머니를 방어막으로 보호했습니다. 이후 올리버 경과 몇 가지 의심스러운 점을 발견할 수 있었사온데, 먼저 황궁을 직접적으로 노렸다 보기에는 폭발의 수준이 미약했으며……."

계속해서 이어지는 이안의 말은 대부분 사실에 근거했다.

다만 자신이 콜드워커를 알고 있다는 사실, 그 맹점만 쏙 빼버린 껍데기로 상황을 압축시켰다.

"……해서 의심만 들었을 뿐, 별다른 행동까지는 취하지 못하고 있었습니다. 이를 황태자 전하께 고하자 전하께서는 제게 의심이 되는 정황부터 쫓으라 명하셨으며……."

보고에는 없었던 새로운 내용.

순간 모두의 시선이 황태자에게 쏠렸다.

'내, 내가?'

황태자 또한 당황한 기색이 역력했다.

그런 적이 없으니까.

'내가…… 그랬던가?'

어마어마하게 혼란스러웠던 당시의 상황.

그 혼란스러움 때문에 기억이 흐려진 건 아닐까?

"태자."

"내가 그랬던……."

"태자!"

"예, 예! 아바마마!"

"사실인가?"

"예?"

"태자의 명이 있었다는 저 말, 사실 여부를 묻고 있느니라."

황태자의 입으로 직접 확인해 둘 필요가 있었다.

이 모든 회의의 내용은 문서회되어 남는다. 수많은 대소 신료들의 귓구멍에 틀어박힐 것이고, 자연히 다른 장소에서 입으로도 흘러나올 것이다.

즉, 기회라는 얘기다.

'차려진 식탁에 황태자의 숟갈을 올릴 기회.'

또한 황태자와 이안의 사이를 더욱 돈독히 만들어줄 수단.

어느 때보다 빛나는 눈으로 황태자를 바라보는 황제.

잠시 머뭇거렸던 황태자가 엉거주춤 입을 열었다.

"그, 그런 것 같…… 아, 아니, 그렇사옵니다!"

황태자의 말에 신료들이 일순간 술렁거렸다. 결코 부정적 인 술렁거림은 아니었다.

단지 놀라웠을 뿐.

저 황태자가?

"그만."

충분히 술렁거릴 여유를 줬던 황제.

그의 한마디에 다시금 정숙함이 돌아왔다.

"비록 태자가 내린 명령이 있었다고는 하나, 전적으로 이안 페이지의 공이 컸음은 자명한 사실, 그가 아니었다면 우리는 형체조차 잡지 못한 적에게 수많은 정보를 고스란히 넘겨줬을 것이며, 제국과 황실의 허술함이 만천하에 드러나 비웃음거리로 전락했을 터."

비웃음거리라는 말에 신료들의 고개가 땅으로 떨어졌다.

"이안 페이지의 행동력이 바로 그러한 비극을 조기에 진압해 낸 바, 짐은 그 노고를 결코 외면치 않을 것이오. 또한 이번만큼은 짐의 손으로 직접 공을 치하해 주고 싶소."

오직 황제 본인이 하사하고 싶은 상을 내려주겠다.

평소처럼 받고자 하는 상을 따로 묻지 않겠다는 얘기였다.

"내 너에게 내릴 상은……."

동시에 바삐 움직이기 시작한 내관과 하인들.

금화와 저택 등의 재물은 이미 받아본 경험이 있다.

공이 공이니만큼 그 이상의 무언가를 하사받을 터.

내심 기대감에 부풀어 오르는 이안이었다.

"이것이니라."

이안 앞으로 대령된 것은 단벌의 로브였다.

새 옷처럼 주름 한 점 없는 코발트블루의 로브.

크게 화려하진 않았으나 은은한 품위가 흘러넘쳤다.

"그 로브는 짐의 선조이시자 황족 유일의 마법사, 미첼 그린리버 님께서 남긴 유일한 유품. 본디 황족 아닌 자에게 내릴 수 있는 물건이 아니니라. 따지자면 하사품이라기보단 대여라고 표현하는 쪽이 옳겠군."

설명 그대로였다. 이안 또한 접하기 어려운 물건이니까.

그린리버 제국의 황족 중 첫 번째이자 마지막 마법사.

마법적 역량을 인정받아 탑주의 자리까지 올랐던 인물.

'미첼 그린리버의 로브.'

지난 생, 이안은 다양한 황실의 보물을 하사받았다.

그럼에도 미첼의 로브는 구경조차 해보지 못했다.

황족 아닌 자에게 하사하지 말라는 유언이 있었으니까.

"대여의 기한은 이안 페이지, 그대의 숨이 다하는 순간까지. 혹은 그대가 더 이상 원치 않는 그 순간까지로 정해두도록 하겠노라."

한데 그 유언을 빌려준다는 명목하에 깨버린 거다.

여러모로 파격적인 하사품이 아닐 수 없으리라.

"한 번 입어보아라. 로브니 따로 탈의할 필요는 없겠지."

황제의 말 한마디에 하녀 여럿이 환복을 도왔다.

문제는 로브의 크기가 이안과 전혀 맞지 않는다는 것.

성인 기준으로 만들어진 로브인데, 이안은 아직 소년이다.

그럼에도 황제는 여전히 재촉의 눈길만을 보냈다.

"괜찮으니 대충이라도 입혀주세요."

결국 억지로 입은 이안의 꼴이 꽤나 우스꽝스러웠다.

아비의 옷을 몰래 입어본 어린아이의 꼴.

신료들이 고개를 돌리며 웃음부터 참아냈다.

"많이 크구나. 언제쯤 네 몸에 맞출 수 있겠느냐?"

장난기 넘치는 황제의 물음.

이안 역시 그 진의를 어렵지 않게 알아차렸다. 착용하는 순간 온몸으로 느낄 수 있었으니까.

미첼 그린리버의 로브가 품은 마법 중 하나를.

"바로 맞춰보도록 하겠사옵니다."

로브에 천천히 마나를 불어넣은 이안.

그러자 곧 놀라운 일이 펼쳐졌다.

마나를 머금은 로브가 육신으로 착 달라붙었다. 어디 그뿐이랴? 제 스스로 꿈틀거리기까지 한다.

새로운 주인의 몸뚱이를 가늠이라도 하듯.

우우웅-!

작게 방출되는 마나의 울음소리와 함께 미첼 그린리버의 로브가 변형되기 시작했다.

기장이면 기장, 둘레면 둘레, 폭이면 폭.

어린 주인에게 알맞은 크기로.

"오오⋯⋯."

"어찌 저런 일이⋯⋯?"

체면을 잊은 채 눈이 휘둥그레지는 대소 신료들.

황태자 또한 자리에서 벌떡 일어나 이안을. 아니, 로브의 변화를 뚫어져라 바라봤다. 그만큼 신비롭기 짝이 없는 현상이었다.

"생각보다 잘 어울리는군. 특히 그 파란색이."

황제의 가벼운 품평.

이안은 비로소 느낄 수 있었다.

미첼 그린리버의 로브가 지닌 모든 능력을.

생각보다 어마어마한 물건이 수중으로 떨어졌다.

'이래서 아무한테나 하사하지 말라는 유언을 남긴 건가.'

만족스러운 듯 옷매무새부터 챙긴 이안.

그가 황제에게 군신의 예를 취해 보이며 읊조렸다.

"황은이 망극하옵니다. 폐하."

이안의 두 번째 알현.

대전 회의가 무사히 막을 내렸다.

다른 신료들도 마찬가지였다. 황궁 기관 내 자리로 돌아가거나, 아예 퇴청하는 행렬이 이어졌으니까.

'보면 볼수록 신기한 로브야.'

자꾸만 전해져 온다. 로브의 속삭임이.

당장 로브의 능력부터 확인하고픈 이안이었다.

'몇 가지 술식이 느껴져.'

분명 몇 가지의 뚜렷한 '술식'이다.

당장 주문을 펼쳐보라는 유혹처럼 느껴졌다. 가만히 참고 있기가 힘들 정도로.

'간만에 설레네.'

그야말로 뜻밖의 횡재 아니겠는가?

당분간 로브를 파악하는 데 주력할 것 같다.

전생에도 접해본 바 없는 미지의 로브, 살펴볼 점이 한두 가지가 아니리라.

"음?"

그때, 이안의 시야 속으로 들어오는 누군가.

아주 멀찍이서 이안을 바라보는 여인.

공주 하이리 그린리버였다.

'아직 불안한가 보군.'

그녀가 마법사라는 사실은 알려지지 않았다.

상아탑의 마법사가 도착했을 때에는 이미 모든 마나를 소모, 보호막도 거둬진 상태였다. 애초에 공주의 마나로 배리어를 오랫동안 유지했을 리가 만무했으니까.

'마나 주입이 딱히 티 나는 동작도 아니고.'

워낙에 경황이 없었던 상황.

눈치챈 사람은 아무도 없었다.

바로 옆에 있었던 황태자와 베네사까지도.

'내 알 바는 아니지만.'

저리 바라보는 이유야 뻔하다.

공주는 마법사임을 의도적으로 숨겨왔고, 상아탑 몰래 마법까지 전수받고 있다.

들통 난다면 엄벌로 다스려질 중죄 중에 중죄.

'본인이 선택한 길이니까.'

도대체 무슨 까닭으로 숨겼는지는 알 수 없다. 물론 알아내고 싶은 마음조차 들지 않는다.

이런 와중에 공주까지 신경 쓴다?

시간이 아깝다. 시간이.

'그래도…….'

마나가 맺힌 이안의 오른쪽 손가락. 그는 검지를 허공을 휘적거렸다.

작은 손짓인지라 아무도 눈치채지 못했다.

'이 정도는 해줄 수 있겠지.'

휘적거림에 생겨난 마나의 일렁거림, 이안이 그 일렁이는 마나를 공주에게 보냈다.

바람을 타고 나풀나풀 날아간 마나의 다발.

곧 공주의 면전에 닿아 풀어지기 시작했다. 마나로 새겨진, 깨알 같은 푸른빛 글자였다.

—우려하는 일은 일어나지 않을 겁니다.

이안이 해줄 수 있는 최대한의 배려.

공주의 표정이 한결 편안해졌다.

그것으로 충분한 모양이었다.

가벼운 마음으로 황궁을 빠져나온 이안. 그런 이안의 앞길을 넉넉하게 가로막는 무리들.

머릿수로 봐서는 황태자와 그 기사단인 것 같은데.

"아주 장한 일을."

예상은 보기 좋게 빗나갔다.

황태자가 아니었으니까.

"하셨습니다. 이안 공."

어리지만 익숙한 목소리, 특유의 상냥함, 아직은 마주치고 싶지 않았던 황족.

'……?'

이안이 본능적으로 고개를 들었다.

들려오는 목소리의 근원부터 확인하기 위해서였는데, 그곳에는 이안보다 두 살가량 많은 소년이, 황족의 백금발 만큼은 확실하게 타고난 소년이 서 있었다.

'라그나르.'

바로 그놈이었다.

이안은 지금껏 놈을 의도적으로 피해왔다. 피할 수 있다면 피했고, 숨을 수 있다면 숨었다.

오늘도 마찬가지였지만, 너무 로브에만 신경을 썼다.

미리 눈치챘다면 다른 길을 택했으리라.

"덕분에 황실이, 그리고 제국 전체의 안녕이 지켜졌습니다. 아바마마께서 하신 말씀처럼 이안 공의 활약이 독보적이었죠. 황실의 일원으로 감사하다는 말씀을 드리고 싶었습니다. 아! 제 소개가 늦었군요. 이미 알고 계시겠습니다만."

전생보다 일찍 찾아온 대면식. 본래는 14살이 되던 해, 아카데미에서 이안을 천재라 치켜세우기 시작했을 쯤 찾아왔었으니까. 무려 2년이나 앞당겨진 만남이다.

"정식으로 제 소개를 하겠습니다. 위대하신 황제폐하의 다섯 번째 핏줄, 라그나르 그린리버라고 합니다."

드디어 우려했던 순간이 찾아왔다.

항상 이 순간을 고민하고 또 고민했다.

라그나르와 마주치면 어떻게 하지?

살심을 억누르며 대화할 수 있을까?

"큰일을 해주신 분께 식사라도 한 끼 대접하고자 하는데,

혹 시간이 괜찮으신지?"

한데 의외의 반응이 고개를 내밀었다.

심장이 요동치기는커녕, 평소보다 차분해졌다.

라그나르의 새하얀 얼굴이 또렷하게 보였다.

놈이 내뱉는 말소리가 건조하게 들렸다.

참아내야 할 건 살심이 아니었다. 자꾸만 비집고 나오려는 웃음뿐.

'이런 꼬맹이였나.'

30년 후의 라그나르 그린리버.

그는 명백히 위대하고 냉철한 황제였다.

하나 지금의 저 조그마한 모습은 어떤가?

야심을 숨겨야 하는 어린 황자에 불과하다.

가진 바 힘은 미약하나, 언젠가 황좌를 거머쥐고 싶은 넘치는 욕망으로 하루하루 버티고 있을 어린아이.

'가소롭구나.'

라그나르와 마주한 지금.

이안이 사로잡힌 감정은 그뿐이었다. 분노나 살심, 심지어 애증조차도 아닌, 그저 가소롭기 짝이 없는 다섯 번째 황자.

언제든 절망 속으로 빠트릴 수 있는 소년.

이제야 확실하게 정해진 것 같다.

시간을 뛰어넘은 복수의 대상 그리고 복수의 방식이.

"아뇨. 선약이 있습니다."

라그나르의 제안을 단칼에 거절해 버린 이안.

그럼에도 라그나르는 미소를 잃지 않았다.

"언제든 좋으니 시간을……."

"앞으로도 힘들 것 같습니다."

이번만큼은 살짝 일그러지는 기색이 보였다.

곧바로 지어진 미소가 그 속내를 감춰 버렸지만.

"까닭을 여쭈어도 될까요?"

"많이 바쁩니다. 제가."

아무리 다섯 번째 황자라 한들 황족의 일원이다.

만약 다른 이였다면 분노를 피하지 못했을 오만함.

"많이…… 바쁘신가 봅니다?"

"그렇습니다. 할 일이 많죠."

하나 이안은 고위 마법사다.

그것도 황제와 황태자의 총애를 받는 마법사.

황자라 한들 함부로 대할 수가 없는 상대일 터.

"……이거 괜히 시간만 빼앗은 것 같군요."

"깨달아주셔서 다행입니다. 그럼."

예를 취한 이안이 라그나르를 지나갔다.

구시렁거리는 친위대원들, 뒤돌아보는 라그나르.

모든 것이 느껴졌으나, 이안은 흔들리지 않았다.

'이번에는 정반대에 서주마.'

저번 생의 이안은 라그나르의 아군이었다.

가장 가깝고 강력한 힘을 가진 아군. 하나 이번 생은 다를 거다. 정확히 반대편에 설 생각이니까.

'단 한 발자국도 나아가지 못하도록.'

라그나르가 행하고자 하는 모든 계획, 그 앞을 하나하나, 사사건건 가로막으리라.

하는 일마다 이안의 이름이 거슬리도록.

끝내 그 이름을 원망하며 좌절할 수 있도록.

'나를 죽여 치워 버리고 싶을 정도로.'

그럼에도 죽일 수가 없는 강력한 힘의 대척점.

가장 반대편에서 모든 것을 방해하는 '절대 악'.

'네 머릿속에서만큼은.'

라그나르의 무리와 멀어질 무렵.

복잡해진 머릿속을 깨끗이 정리시킨 이안.

그가 기다렸다는 듯 마나를 끌어 모았다.

미첼의 로브가 속삭이는 첫 번째 술식.

그 실체부터 확인하기 위함이었다.

'플라이.'

본디 플라이는 비효율적인 마법이다.

짧은 지속 시간, 기어가는 수준의 비행속도.

바로 그러한 술식을 로브가 속삭였다.

이유가 뭘까?

펄럭!

본격적으로 플라이 주문을 발동시키는 순간.

아주 격하디격한 펄럭거림을 일으키는 로브. 단언하건대, 바람 한 점 불어오지 않았다.

'설마.'

평소의 플라이라면 그 속도가 느려야만 한다.

그것이 플라이 마법의 정석적인 이론이다. 이미 몇 번을 언급했던 이론인데.

후우우웅—!

그 정석적인 이론이 방금 조각나 버리고 말았다.

플라이 주문에 맡겨진 이안의 몸뚱이가 기존과 차원이 다른 속도로 치솟기 시작했다.

'거의 전속력으로 뛰는 수준인데?'

비단 허공으로 떠오르는 속도만이 아니다.

전진하는 속도까지 엄청나게 빨라졌다.

미첼의 로브에 잠재된 고유 능력, 그중 하나의 효과가 분명하리라.

'유지도 계속되는 것 같고.'

뿐이랴? 마나 소모량 역시 크게 줄어들었다.

말 그대로 자유로운 비행이 가능해진 상황, 이 정도라면 플라이 마법도 가치가 생긴다.

다른 마법과의 연계를 이용한 활용이 아닌, 그 자체만으로도 유용하게 쓰일 가치 말이다.

플라이보다 상위의 비행 마법은 아직 멀었으니까.

'상상 이상이군.'

전생에서는 접해볼 수 없었던 아티팩트.

미첼 그린리버의 로브가 가진 능력.

그 일부만 접했음에도 심장이 두근거렸다.

'이런 물건이 한두 개가 아니겠지.'

그린리버 제국에 한한 이야기가 아니었다.

온 대륙을 통틀어 어딘가는 존재하고 있을 터.

누가 만들었는지, 어찌 제작되었는지조차 모르는.

유물이나 다름없을 전설적인 아티팩트가.

'예전과는 달라.'

마법에 미쳐, 라그나르가 주는 것만으로 만족했던 전생.

그때와는 상황이 다르다. 원한다면, 마음만 먹는다면.

'찾아낼 수 있다.'

또한 취할 수도 있겠지.

미첼 그린리버의 로브와 버금가는.

혹은 그 이상의 힘을 가진 아티팩트를.

'전생의 나보다 훨씬 강해질 수 있다.'

'마법사 이안 페이지' 그 자체로도, 본신을 보좌해 줄 외적인 힘으로도, 시간은 걸리겠지만 충분히 가능하다.

'다만.'

한편으론 의구심이 들었다.

그 정도로 초월적인 힘이 꼭 필요할까?

이번 삶을 영위하는데? 복수를 해나가는데?

끝없는 생각이 마지막 종착지로 치달을 무렵.

이안 역시 저택의 앞에 도착했다.

창문 안으로 익숙한 얼굴들이 보였다.

전생에는 너무 일찍 여읜 어머니, 비적 떼에게 죽어 사라졌을 레디오, 이안의 치명적인 적이 되었을 더글라스.

'그때는 텅텅 비어 있었지.'

전생에는 그랬다.

이안을 기다리는 사람도.

이안이 지켜줄 사람도 없었으니까.

하나 이번 삶은 다르다.

기다리는 사람이 있다.

지켜줘야 할 사람도 생겼다.

'지켜낼 힘.'

설령 세상이 무너지는 한이 있더라도, 상상을 초월하는 적이 눈앞에 나타나더라도, 지키고픈 이들을 반드시 지켜낼 수 있는 힘.

'그 힘이 적당할 필요는 없어.'

그렇다. 그 힘이 적당할 필요는 없는 거다.

강하면 강할수록 완벽하게 지킬 수 있으니까.

'강해진다. 내 몸이 버티는 한, 끝까지.'

처음 시간을 거슬러 올라왔던 순간.

당시보다도 더욱 확고하게 굳은 다짐.

그로부터 5년이란 시간이 흘렀다.

6장
5년 후

"으음."

황실 도서관에서도 가장 쾌적한 이곳.

오직 황태자만이 출입할 수 있는 전용 도서관이었다.

황실에서 유일하게 '군주론'과 관련된 서책을 보관하고 있으며, 황자들은 이용할 수 없다. 통치의 익힘이란 오로지 황태자의 전유물이니까.

"으으음!"

올해로 23살의 나이가 된 황태자 '하이든 그린리버'도 마찬가지였다. 아침부터 도서관에 나와 통치의 기본을 익히고 있었다. 비록 황태자라면 15살쯤 독파했어야 하는 책들이지만, 어찌 하겠는가? 배움의 시작이 엄청나게 늦었거늘.

"그러니까…… 백성들은 대부분 글을 모르니 바보라는 소리인가? 무슨 내용이 이래? 까짓 모를 수도 있지. 거참."

심지어 책의 내용을 잘못 이해하기까지 한다.

무려 5년이나 지났음에도 한결같은 모습이었다. 책이라도 꾸준히 읽는 게 장족의 발전이리라.

"에이! 오늘 같은 날은 역시."

책을 덮는 것만큼은 화통하기 짝이 없는 황태자.

즉시 자리를 털고 도서관부터 빠져나왔다.

"전하."

그러자 황태자궁의 상선 '테오'. 제2 황실 기사단의 부단장 '폴'이 황태자에게 다가왔다.

"아침 독서는 한 시간으로 정해진 것이 아니옵니까?"

"그렇긴 한데, 오늘은 영 날이 아니야."

"폐하와의 약속을……."

"내일, 아니, 오후 독서 때 채울 테니까."

"하오나……."

상선 테오는 더 이상 말을 잇지 못했다.

그 또한 안다. 황태자가 자발적으로 책을 읽기 시작한 것 자체로 기적이란 사실을. 벌써 20년째 황태자의 곁을 보필해 온 내관으로서 감히 장담할 수 있었다.

"부단장. 오늘이 그날이던가?"

"그날이라 하시면."

"단장과 이안, 마지막 대련 말이야."

"아, 그렇습니다."

이안과 단장의 대련.

벌써 5년째 치러지고 있는 대련이다.

특별한 일이 없다면 일주일에 한 번 꼴로 치러지며, 항상 이른 아침부터 시작해 하루가 시작될 때쯤 마무리를 지어 왔다.

"지금쯤 제대로 붙고 있겠구먼."

그들의 대련도 오늘로 마지막이라 한다.

그런 자리에 황태자가 빠질 수 있겠는가?

무려 왼팔과 오른팔의 마지막 대련인데 말이다.

"가지. 간만에 구경이나 해야겠어."

대련 장소는 제2 황실 기사단 본부 연무장.

설레는 마음으로 발걸음을 옮기는 황태자였다.

"볼 때마다 우리 단장이 처참하게 깨지던데, 요즘은 어때? 좀 나아졌나? 아님 여전히 그대로인가? 그대로라면 그냥 끝 날 쯤에 가야겠어. 마음이 아프거든."

황태자가 부단장 폴에게 물었다.

그들이 대련을 마지막으로 봤을 때가 1년 전.

당시만 해도 올리버는 접근조차 하지 못했다.

이안 페이지라는 강력한 마법사에게.

"저도 잘 모르겠습니다."

"아니, 그걸 왜 몰라? 부단장이?"

"전하께서 보신 것이 제게도 마지막이었습니다."

"……아아."

대련 중에는 올리버기 황태지의 곁을 지킬 수 없다.

그때만큼은 부단장 폴이 호위를 책임져야 한다. 즉 황태자의 발길이 소원해졌던 순간부터, 부단장 또한 그들의 격돌을 구경할 수가 없었다는 얘기다.

"그래도 뭐, 들은 게 있을 거 아닌가?"

"워낙 말을 아끼는 분인지라."

"하긴, 그렇긴 하지."

부단장의 말을 빠르게 수긍해 버린 황태자.

어느덧 제2 황실 기사단 본부가 지척이었다.

단지 가까워졌을 뿐인데도 들려온다.

두 거물의 격돌로부터 파생되는 소리가.

"후우우……."

제2 황실 기사단의 대연무장.

그 한편으로 우뚝 선 갑옷 차림의 남자.

이제는 중년에 접어든 '올리버'가 깊은 숨을 토해냈다.

이미 수 시간동안 진행된 대련, 마지막 격돌만 남겨두고 있었다.

'마지막만큼은.'

올리버가 움켜쥔 검은 연습용 철검이었다.

애검이라 자신했던 놈들은 이미 예전에 박살 났고, 마침내 깨달을 수 있었다. 마법사를 상대하는 데 검의 수준은 필요 없다는 것을. 그 검이 전설적인 아티팩트라면 모를까.

'기필코.'

자기 최면을 걸 듯 되새기고 또 되새긴 올리버. 그의 머리 위로 수백 개 얼음덩이가 드리웠다.

모두 저 연무장 가운데 등을 지고 서 있는 청년.

갈색 머리칼을 길게 늘어뜨린 청년의 마법일 터, 심지어 저것들은 빙산의 일각에 불과할 뿐이다.

"하아아압!"

기합소리와 함께 올리버의 몸이 측면으로 튕겨졌다.

직선적인 접근은 상대의 마법에 금방 막혀 버린다. 사실 지금처럼 빙 둘러가는 것도 마찬가지다. 가능성을 조금이나 마 쥐어짜낸 잔기술일 뿐.

파박! 파바바박! 파바박!

동시에 수백 발의 얼음덩이가 우수수 쏟아졌다.

목표가 지나간 바닥에 속속들이 꽂히는 얼음덩이, 미처 피하지 못한 얼음은 싸구려 철검이 쳐냈다. 한데도 검이 깨지거나 상하지는 않았다.

"흐읍!"

올리버가 뛰던 방향을 황급히 틀어버렸다.

갑자기 저러는 까닭이 뭘까? 간단한 이유였다.

쿠구구구구……!

원래내로었나던 올리버가 향했을 바닥이 원기둥처럼 하늘로 치솟았다.

표현 그대로 '간발의 차이'였다. 방향을 틀지 않았다면 저 기둥뿌리에 부딪쳤을 터, 5년의 수련이 새겨준 확고한 본능이었다.

'다음은.'

하나 청년 마법사의 공격은 끝나지 않았다.

이제부터 시작이라 해도 과언이 아니리라.

'열기.'

열기가 느껴지는 쪽으로 시선을 가져간 올리버.

그곳에는 커다란 주먹 모양의 불꽃 한 쌍이 땅바닥을, 정확히 표현하자면 올리버를 힘껏 내리찍기 시작했다.

쿠웅―!

한번을 가볍게 피하자.

쿠웅―! 쿠웅―!

두 개의 불꽃 주먹이 연이어 생겨났다. 뿐이랴? 무차별적으로 휘두르기 시작한다.

덕분에 연무장 바닥은 하루도 성할 날이 없었다.

'저 불꽃 주먹은 곧 사라진다.'

이미 수차례 겪어봐서 알고 있다. 더 이상 신경 쓸 필요가 없다. 다음 주문이 펼쳐지기 전에 한 발자국이라도 가까워져 야 한다.

'마법사에게.'

망설임 없이 마법사를 향해 달려드는 올리버.

그 뒤를 쫓던 불꽃 주먹도 화르르 사라져 버렸다. 예상, 아니, 경험 그대로였다.

파지지지직-!

올리버의 면전에 번개줄기가 뻗어왔다. 그쯤이야 몸을 빙 그르 돌려 피할 수 있었다.

하나 바닥에 깔린 강력한 냉기, 올리버의 발목을 기다렸던 냉기만큼은 피하기가 어려웠다. 붙잡히면 거기서 끝이다.

"어딜!"

그의 재빠른 선택은 철검이었다. 발목 대신 철검을 내어준 거다. 손잡이까지 얼어붙은 철검을 미련 없이 내동댕이친 올 리버. 그가 허리춤에서 또 다른 검을 뽑아 들었다.

스르릉!

이제 정말 몇 발자국 남지 않았다.

푸른색 로브를 입은 마법사와의 거리가.

단 한 번이라도 닿을 수 있을까?

'닿을 수 있다.'

굳건한 믿음과 함께 뻗어가는 전진.

그 앞을 거대한 불꽃 한 덩이가 막아섰다. 아니, 막아서고
자 했다.

'벤다.'

마나가 섞인 불꽃을 베어버리는 검사.

그런 칼잡이가 세상에 존재한다고?

5년 전까지만 해도 존재하지 않았다.

하지만.

스걱!

지금은 아니다.

그런 칼잡이가 세상에 존재한다.

제2 황실 기사단장 올리버 레이우드.

황태자의 호위 기사가 바로 그 주인공이었다.

두 갈래로 찢어진 불꽃 사이로 뚜렷하게 보인다.

아직 미동조차 하지 않는 청년 마법사의 모습이.

"하아아압!"

장장 5년의 목표.

그 지척에 도달한 올리버의 울부짖음.

번뜩이는 철검이 마법사의 심장을 노렸다. 대련의 정수가 담긴 마지막 찌르기였다.

푸욱!

망설임 없이 파고든 철검.

공격은 명백하게 성공했다. 실로 5년 만에 성공해 낸 쾌거.

'…….'

한데도 올리버의 표정은 밝아질 수가 없었다.

피 한 방울조차 묻어나지 않았으니까.

육신을 파고드는 느낌 역시 없었으니까.

'미러 이미지.'

육신의 형상을 복제해 내는 환영 마법, 본체가 아닌, '미러 이미지'가 당한 거다.

올리버의 모든 것을 담은 찌르기에.

"고생하셨습니다."

그 한마디와 함께 올리버의 등을 누르는 손가락. 올해로 열일곱의 청년 마법사, 이안 페이지였다.

"결국 생채기 한 줄을 내지 못하는군요."

올리버는 이안의 본체를 감지하지 못했다. 실전이었다면 벌써 죽은 목숨이란 얘기다. 접근까지는 성공했으나, 끝내 닿지 않았다.

"심장을 노리시면서 생채기 운운하시면……."

이제는 제법 사내다워진 이안의 목소리, 훌쩍 커버린 신장에 얼굴선도 꽉 잡혔다. 늘어뜨린 머리칼이 특히나 인상적이었다.

　"상처라도 입는 날엔 진짜 죽겠네요."

　이안이 혀를 내두르며 말했다.

　지난 5년, 올리버와의 대련은 그야말로 박진감이 넘쳤다. 전력을 다하지는 않았지만, 예상했던 힘의 허용치로부터 훨씬 더 멀어져야만 했다. 심지어 매주 강해졌다.

　'내가 남보고 괴물 운운하는 건 좀 웃기긴 한데.'

　올리버 또한 확실히 괴물이었다. 저 재능과 노력이 마법사로서 발휘되었다면, 전생의 이안과 어깨를 나란히 했겠다 싶을 정도로.

　"그동안 감사했습니다."

　검을 거둔 올리버가 정중하게 인사했다.

　큰 도움을 받았다. 한계를 돌파했으니까.

　비록 이안의 털끝하나 건드리지 못했지만.

　"목걸이값 한 거죠."

　"그 이상의 은혜를 받았습니다."

　"방금 보니까 그런 것 같긴 하네요."

　오늘의 대련을 빠르게 복기해 본 이안, 불을 베어버리던 올리버의 모습이 떠올랐다. 이야기책에나 나올 법한 광경 아니던가?

"불을 베는 기사라. 그 양반한테 말해줘야……."

"예?"

"아닙니다. 책 쓰는 양반이 생각나서."

이안의 싱거운 대답에 올리버가 목청을 다듬었다.

"한 가지만 여쭈어도 되겠습니까?"

"물론이죠."

"지금 이안 님의 경지는 어느 정도십니까?"

무려 5년이란 세월이 지났다.

올리버 자신이 5년 전보다 강해진 만큼.

혹은 그 이상으로 강해졌음이 자명할 터.

"기대하시는 만큼은 아닐 겁니다."

그 질문에 씁쓸히 웃는 이안이었다.

물론 괄목할 만한 성장은 이루어냈다. 오히려 상식을 뛰어넘은 성장이긴 하다.

'5클래스 마스터.'

5클래스 마법사의 경지.

그것도 마스터까지 오른 마법사는 역사상 손에 꼽힌다. 17살이라는 나이마저 감안한다면 그야말로 상상초월이다. 전생에도 26살이 되어서야 5클래스 초입에 접어들었으니까.

'그래도 기대만큼은 한참 못 미치지.'

5년이란 세월이 흘렀다.

목표했던 바는 최소 6클래스 마스터.

한데 예상치 못한 장벽이 성장세를 가로막았다.

'육신의 근본적인 성장.'

제아무리 이안이라도 육신 본연의 성장 속도 자체를, 그와 함께 자라나는 마나 하트의 성장까지 촉진시킬 수는 없었다. 감히 상상이나 해봤겠는가? 다 자라지 못한 마나 하트로는 5클래스 마스터가 한계였단 사실을.

'애초에 불가능한 일.'

몸의 성장조차 끝나기 전에 5클래스를 넘어선다?

역사상 단 한 번도 일어나지 않았을 일이다.

당연히 기록도, 경험담도 없을 수밖에.

'내가 최초일 테니까.'

마치 미개척지를 나아가는 느낌, 그 느낌이 크게 나쁘지만은 않았다.

하루 빨리 몸뚱이가 여물기만을 바랄 뿐.

"이야! 역시! 제국 최고의 마법사와 기사다워!"

이안의 생각이 깊어지는 그때였다.

박수 소리와 함께 나타난 백금발 미남자, 5년이란 긴 세월을 무색케 만드는 존재. 황태자 하이든이었다.

"전하."

"황태자 전하."

이안과 올리버가 가볍게 예를 올렸다.

1년 전부터 슬슬 보이지 않는 것 같더니만, 오늘은 또 무슨 변덕이 불었을까?

"듣자하니 두 사람, 오늘이 마지막 대련이라던데."

"예. 앞으로는 조금 바빠질 듯하여."

이안의 대답에 황태자가 손뼉을 탁 쳤다.

"옳지. 다 함께 아침식사나 하면 되겠군. 내 오른팔과 왼팔의 무궁한 발전을 축하하는 의미로다가, 어떻겠느냐?"

황태자의 눈은 오직 이안만을 바라봤다.

애당초 올리버는 거절할 이유가 없었다.

"송구하오나."

하나 이안에게는 사정이 있었다. 올리버와의 대련이 오늘로 마지막이듯, 또 다른 '마지막'이 이안을 기다렸으니까.

"상아탑의 개인 교습도 오늘이 마지막입니다."

"상아탑?"

"고위 마법사로서 의무를 부여받는 날인지라, 아무래도."

"아아! 그렇지 참."

아카데미를 대신한, 5년간의 상아탑 개인 교습도 오늘로 끝이 날 예정이었다. 이제부터 이안은 고위 마법사이자 '의무자'가 된다. 지금까지는 '교육생'의 신분이었기에 모든 책무로부터 제외되었다. 하나 지금부터는 다르다.

"바빠진다는 게 그런 의미였군."

황태자 또한 수긍한 듯 고개를 주억거렸다. 오른팔이나 다름없는 이안의 본격적인 '상아탑 점령기'가 시작되는 거다. 적어도 황태자는 그렇게 생각했다.

"어쩔 수 없지."

"송구하옵니다."

"아까부터 송구할 것도 많다."

별일 아니라는 듯 손사래부터 치는 황태자.

이안에게 무한대나 마찬가지인 신뢰를 보냈다. 5년간 굳을 대로 굳어진 믿음의 증거였다.

"다녀오너라. 식사는 다음에 하자꾸나."

"금방 시간을 만들도록 하겠습니다."

황태자에게 예를 취해보인 이안.

올리버와도 막간의 눈인사를 나눴다.

"그럼."

이안의 파란색 로브가 펄럭거렸다. 뿐이랴? 저 하늘로 치솟기 시작한다.

처음 목격했을 때는 크게 놀랐었다.

사람이 자유롭게 날아다니다니? 하나 이제는 놀라지 않는다. 두 사람 다 질리도록 봤으니까.

"다녀오겠습니다."

이안의 모습이 순식간에 멀어져갔다.

처음 목격했을 때보다 더 빨라진 것 같았다. 창공을 가르는 독수리가 부럽지 않을 정도로.

"다른 건 몰라도 저건 참 부러워. 나도 저렇게 날아봤으면 좋겠군. 새처럼, 아니, 새보다 빠른가?"

사라져가는 이안을 한참 지켜보던 황태자.

그가 진심으로 부러운 듯 읊조렸다.

"단장."

"하명하십시오."

"대충 보아하니 거의 호각이던데, 이안하고 말이야. 응? 어때. 이제 좀 해볼 만한가? 마법사랑?"

그 물음에 올리버가 옅은 미소를 띠었다.

"두 가지로 대답을 드릴 수 있겠습니다."

"두 가지라?"

"먼저 이안 님은, 흠집 하나 낼 수 없다고 판단했습니다."

아주 솔직한, 그래서 더욱 자존심이 상할지도 모를 대답이었다. 하나 올리버는 아주 덤덤하게 말문을 이어갔다. 지난 5년 동안 충분히 체감했고, 충분히 인정했으니까.

"이 격차는 앞으로도 계속 벌어질 거라 생각합니다."

"그 정도인가?"

"그 정도입니다."

황태자 역시 어느 정도는 예상했던 대답.

아무리 그렇다 한들 흠집 하나 낼 수 없다니, 그 정도일 줄은 꿈에도 몰랐다.

"하오나, 다른 마법사라면."

이어진 올리버의 목소리.

이번만큼은 아까와 어조부터 달랐다.

특유의 올곧은 자신감이 느껴졌다.

"예. 충분히 해볼 만합니다."

"이안 님!"

상아탑의 1층 입문의 전당.

17살의 이안이 그곳에 도착했다.

언제나 젊은 마법사들의 혈기로 가득한 그곳.

지난 5년간 새로운 얼굴도 많이 생겼다.

"이제 오셨어요? 마지막 교습이시죠?"

"좋은 시절 다 끝나셨네요. 이안 님도."

"어리다고 일 막 다 시키는 거 아닙니까?"

가장 큰 차이점은 바로 분위기였다. 특히 이안을 대하는 태도가 크게 달라졌다.

더 이상 부러워하거나, 질투의 눈빛을 보내지 않았다.

대부분이 이안을 진심으로 좋아했다. 그저 경외의 대상이었던 기존 고위 마법사들과는 달리, 이안은 전혀 권위적이지 않았으니까.

"하라면 해야죠. 제가 막낸데."

"에이, 상아탑에 막내가 어디 있습니까? 마법 잘 부리는 쪽이 웃전이지. 안 그래요? 나이로 따지면 당장 저도 이안 님보다 많은데."

이제 막 정식 마법사로 인정받은 라일라가 겁도 없이 떠들어댔다. 다른 고위 마법사들이 듣기라고 하는 날엔 눈치깨나 보일 텐데 말이다.

"하하. 명심하도록 할게요."

젊은 마법사를 중심으로 세력을 형성한다.

이안의 그 계획은 비교적 순조롭게 진행되고 있었다.

많은 이들이 이안을 우러러봤다. 젊은 마법사들뿐만이 아니다. 나이가 꽤 있는 마법사들 중에도 이안을 지지하는 부류가 우후죽순 늘어났다.

상아탑의 새로운 핵, 이안은 그런 존재로 거듭났다.

"올라가 보겠습니다."

황금빛 원판에 올라탄 이안.

이제는 그 모습이 꽤나 어울렸다.

아니, 상아탑의 그 누구보다도 어울렸다.

"여러분도 그만 놀고 열심히 하세요. 이거 타고 싶으면."

황금빛 원판을 가리키는 이안.

그의 장난 어린 한마디에.

"우우우!"

1층의 젊은 마법사 모두가 야유를 보냈다.

장난을 거는 이안이나, 반응하는 마법사들이나.

기존의 상아탑에서는 결코 볼 수 없었던 풍경이리라.

"오, 왔는가?"

이안을 태운 승강기가 탑주의 방에 도착했다.

마지막 개인 교습, 그 책임자는 탑주 허버트였다.

5년이 지났음에도 크게 변하지 않은 얼굴.

"감회가 새로워. 처음 북부에 대단한 소년이 나타났다는 소식을 들었을 때, 그때가 고작 엊그제 같거늘, 벌써 청년이 다 되어버렸구먼그래. 허허."

겉과 속이 다른 탑주지만 이번만큼은 진심이었다.

그 또한 세월의 무심함 속에 늙어가는 처지.

훌쩍 자라 버린 이안을 볼 때마다 실감이 났다.

그렇기에 더더욱 조급해졌다.

"그만큼 나도 늙었다는 뜻이겠지."

"아직 수십 년은 거뜬하실 겁니다."

간단한 인사를 끝낸 탑주가 서류부터 살폈다.

지금껏 이안이 받아온 개인 교습에 관한 자료들.

그 진도와 성취도, 고위 마법사들의 평가서였다.

"훌륭해. 어딜 봐도 칭찬뿐이야."

상아탑은 이안을 편협한 방식으로 가르쳤다.

특히 상아탑의 역사나 의무, 소양 등은 세뇌나 다를 바 없었다. 하나부터 열까지 상아탑에 대한 충성, 상아탑을 떠받들어야 하는 이유로 점철되어 있었는데, 이안은 별다른 의심 없이 우수한 성적을 거두어냈다.

황태자와 어울린다는 점만 뺀다면, 나무랄 데 없는 상아탑의 일원으로 거듭난 거다.

"제국과 상아탑의 홍복이 아닐 수 없네. 젊은 친구들이 자네를 그토록 따를 만도 해. 마법사가 걸어야 할 모범이나 마찬가지 아닌가?"

그럼에도 탑주의 말에는 뼈가 있었다.

상아탑 내 새로운 구심점이 생겨났다. 이안을 중심으로 젊은 마법사들이 뭉쳤다. 자의든 타의든, 그 흐름이 편할 리가 없으리라.

상아탑의 가장 높은 자, 가장 오래된 구심점으로서.

"과찬이십니다."

"과찬이라, 글쎄. 곧 알게 되겠지."

의미심장한 중얼거림과 함께 본론으로 넘어가는 탑주였다.

"알다시피 오늘이 마지막일세. 아카데미의 학도였다면 졸업식을 치르고, 조만간 타 영지로 파견을 나갔을 터이나, 자네는 경우가 좀 달라. 마지막이라 해봤자 이 노인네와 덤소 몇 마디 나누는 게 전부겠지. 혹 아쉬운가?"

"그럴 리가요. 오히려 영광입니다."

"빈말이라도 고맙구먼."

말을 멈춘 탑주가 웬 '보패'를 건넸다.

백색의 상아에 고대 제국어가 새겨진 보패였다.

"의무를 짊어지고 진정한 마법사가 된 것을 축하하네."

이는 상아탑의 고위 마법사임을 증명하는 보패인데, 교육생이었던 지금까지는 받을 수도, 받을 필요도 없었다. '고위 마법사의 의무'를 시행할 때나 필요한 물건이니까.

"어느 영지든, 병사와 영지민을 자네 뜻대로 동원할 수 있는 보패일세. 아마 앞으로 사용할 일이 많을 게야."

고위 마법사에게는 가장 특별한 의무가 있다.

한마디로 정의하자면 '최고급 해결사'.

평범한 인력이나 하급 마법사만으로 감당할 수 없는 자연재해, 혹은 몬스터의 횡포를 해결 및 수습하는 것이 주된 의

무였다. 그런 까닭으로 단기적인 파견을 나갈 때가 잦으며, 보패의 권한은 여러모로 유용했다.

"고위 마법사를 요청하는 곳이 있습니까?"

"있다 뿐이겠는가?"

기다렸다는 듯 이어지는 탑주의 대답.

이안 역시 피해갈 생각은 없었다. 애당초 피할 수 없는 의무이기도 하다.

고위 마법사로서의 혜택을 누리는 한, 영원히.

"일손이 많이 줄었어. 헬레느마저 잠적해 버렸으니 오죽하겠는가? 부담을 주고자 하는 말은 아니네만, 자네의 힘이 절실하긴 해."

어느 정도 책임이 있으니 감당하라는 언질이다.

헬레느의 잠적, 그 주된 원인은 이안이었으니까.

"제가 할 만한 게 있을까요?"

"허허. 자네는 상아탑 최고의 전력이나 다를 바 없는 마법사일세. 하고자 한다면 무언들 못하겠나? 스스로 너무 과소평가하는군."

그리 말하며 마나를 방출시키는 탑주였다. 5년 전 이안의 신상 정보가 허공에 새겨졌던 것처럼, 각 영지로부터 올라온 요청의 간략한 내용들이 사방을 수놓았다.

"처음이니 선택권을 주도록 하지."

총 3곳의 영지로부터 고위 마법사 파견이 요청되었다.

제국에서 가장 큰 항구 도시를 보유한 '로드미어 영지'.

철 생산량이 대륙 최고에 해당하는 '벤슨 영지.'

그중 특히나 눈길이 가는 곳은 '피에릭 영지'였다.

'저번 생에는 내가 파견되었던 곳.'

마법사라면 누구나 짊어지는 5년의 장기 파견.

당시 이안은 '피에릭 영지'로 파견을 나갔었다.

'파견되기 직전에 큰일이 있었다고 하더니만.'

기억을 곱씹어 보니 확실한 것 같았다.

그때 들었던 '큰일'이 바로 저 요청인 듯하다.

'동부 대초원과 붙어 있는 영지니까.'

원주민이 반, 몬스터가 반이라는 '동부 대초원'.

바로 그런 곳과의 경계를 이루는 험한 영지다.

언제나 실전이기에 보병 전투력 제국 내 1위.

비옥한 토지 덕에 곡식 수확량도 1위에 빛나는 곳.

"피에릭 영지, 관심이 가는군요."

"가장 강력하게 요청을 보내온 영질세. 3클래스의 마법사 둘과 제국군까지 파견시켰는데도 역부족이라는군."

뜻밖의 얘기였다. 제국 내 전투력 평가 1위에 빛나는 병사들과 기존의 파견 마법사, 거기다 제국군에 3클래스 마법사 둘을 동원하고도 처리하지 못할 문제라니?

"대초원에서 흘러들어온 몬스터 떼가 기승을 부리는 모양이야."

동부 대초원에서 흘러들어오는 몬스터.

피에릭 영지로서는 아주 흔한 일이다.

한데 이토록 강력한 요청을 보내왔다?

그 정도까진 아니었던 걸로 기억하는데, 생각할수록 흥미가 당기는 이안이었다.

"자세한 내용은 여기 적혀 있으니, 읽어보고 오늘 중으로 대답을 줄 수 있겠는가? 거절한다면 따로 적임자를 찾아야……."

"아뇨. 제가 가겠습니다."

이안은 벌써 마음을 굳혀 버렸다.

어차피 할 일이라면, 익숙한 곳이 좋겠지.

"피에릭 영지로."

고위 마법사로서의 첫 의무.

이안의 선택은 피에릭 영지였다.

첫 의무를 선택한 뒤로는 일사천리였다.

수행 기사나 보조 마법사는 이안이 거부했다.

오히려 걸리적거리지 않겠는가?

가벼운 봇짐 하나면 충분하다.

"대장."

15살이 된 더글라스가 저택 앞으로 나왔다.

녀석은 아직까지 이안을 대장이라 불렀다.

한번 생겨버린 입버릇은 어찌할 도리가 없었다.

"나중에 할아버지 되고도 대장이라 부를 생각이냐?"

"그럴 리가요. 아니, 그럴 수도 있겠네요."

"하."

"아무튼 이거, 가져가세요."

녀석이 건넨 것은 여러 약병이 담긴 자루였다.

마법으로 마감되어 깨지지 않는 특제 약병들이었다.

"아버지가 만드시는 하프 엘릭서 있잖아요? 제 방식대로
만들어봤어요. 아마도……."

말꼬리를 흐린 더글라스가 제 아비의 눈치를 본다.

그러고는 이안의 귓가에 재빨리 속삭였다.

"그거보다 훨씬 좋을 거예요."

작은 목소리였으나 자신감만큼은 흘러넘쳤다.

그 정도로 재능이 일취월장했으니까.

황립 연금술 아카데미의 재학 기간은 8년이다.

졸업까지는 아직 3년이 남은 상황, 한데도 벌써부터 능력

을 인정받아 황실 연금술사의 자리를 보장받은 상태였다. 고작 15살의 더글라스가 말이다.

'재능이 어디 가지는 않겠지.'

이안의 판단 그대로였다.

재능은 도망치지 않는다.

'절박함이 없는 게 문제일 거라 생각했는데.'

저번 생과 다른 점이라면 절박함이 없다는 것.

한데도 가진 바 재능을 마음껏 만개시킨 더글라스였다.

"확실해? 효과 더 좋은 거?"

"그럼요. 제가 누굽니까? 대장의 1호 부하! 장차 제국 최고의 연금술사! 더글라스 아니겠습니까! 마법하면 이안 페이지! 연금술하면 더글라스!"

"얼씨구."

"헤헤."

오늘은 이안이 피에릭 영지로 떠나는 날이다.

시간을 되돌린 이래 처음이라는 얘기다.

어머니와 멀리 떨어지는 경우가.

'통신구가 닿지 않을 거리는 처음인가.'

지난 5년, 이안은 어머니를 향한 과잉보호로부터 벗어날 수 있었다. 그래서일까, 예전에 비해 그리 걱정되지는 않았다. 첩자파동 이후 도시의 치안은 어느 때보다 강력해졌다.

더군다나 황실의 총애까지 받는 몸 아니겠는가? 당장 저택 앞에 깔린 저 근위병의 숫자만 봐도 알 수 있는 사실이다.

"이안."

마침 어머니의 모습이 보였다.

세월이 흘렀음에도 여전한 얼굴, 여전한 미소.

그녀가 요깃거리를 이안에게 안겨줬다.

"가면서 먹으렴. 많이 챙겼으니까."

"어머니, 마법사들 어디 가서 안 굶어요. 발길 닿는 곳마다 귀빈 대접 받을 텐데. 도적들도 저한테는 인사할 겁니다."

"그, 그래도……."

피식 웃은 이안이 음식 통을 받았다.

묵직한 게 하루 이틀 먹을 양이 아닌 모양이다.

"일단 첫 칸이 하루 내로 먹어야 할 음식이고, 그다음부터는 오래 둬도 되는 음식이란다. 육포나 말린 과일……."

이안이 마법사가 된 지도 5년이 흘렀다.

겉모습조차 청년의 모습을 띄기 시작했거늘. 그래봐야 베네사에게는 아들일 뿐이었다.

"잘 먹을게요."

생각했던 것보다 짐이 많아졌다.

하프 엘릭서에 어머니의 도시락까지. 아무래도 짐꾼이 좀 필요할 것 같은데.

"흐음."

잠시 고민했던 이안이 허공에 마법진을 그렸다.

이럴 때는 다 해결할 방법이 있다. 오직 최상위 마법사만의 해결법이.

"소환술."

5클래스 마스터의 소환술은 차원이 다르다.

5년 전처럼 새끼정령 따위가 나올 리 만무하다.

"말의 정령, 유니콘."

주문이 끝나기가 무섭게 소환된 말 한 마리.

은빛 눈, 순백의 가죽, 순백의 갈기, 순백의 뿔, 보통의 말보다 훨씬 큰 덩치와 강인한 근육.

"유니콘……?"

"우, 우와……!"

"진짜 존재하는 거였어?"

저택 일대의 이목이 집중되었다.

베네사도, 레디오도, 더글라스도.

모든 하녀와 근위병들의 이목까지.

그럴 수밖에 없다. 당연한 반응이다. 다른 것도 아닌 무려 '유니콘'이 나타났으니까.

'짐꾼으로는 유니콘이 제격이지.'

사람들이 놀라든 말든, 이안의 생각은 간단했다.

그에게 유니콘이란 짐꾼이나 마찬가지일 뿐. 가끔 탈것의 용도로도 요긴하게 쓰이리라.

"다녀올게요."

유니콘의 등에 모든 짐을 채운 이안.

그가 모두를 향해 인사했다. 빠르면 몇 달 내로 다녀올 길이었으나, 5년 만에 떨어지는 거라 그런지 조금은 어색하게 느껴졌다.

"금방 오니까 너무 걱정들 말고요."

모두의 배웅을 뒤로한 채.

이안이 점점 더 멀어져갔다. 자꾸만 고개가 뒤로 돌아갔다. 걱정은 오히려 이안의 몫이었다. 어쩔 수 없는 불안감 때문일까?

'믿자.'

그래. 믿어야 한다.

저택을 지켜주는 근위병들도, 수준이 높아진 도시의 치안도, 자주 들락거릴 황태자와 올리버도, 이안을 따르기 시작한 젊은 마법사들도.

또한.

'방비를 해뒀으니까.'

저택 전반적으로 설치해 둔 장치. 오직 베네사와 레디오, 더글라스만 발동시킬 수 있는 '마나 트랩'이 존재한다. 어지간한 문제는 능히 처리할 수 있으리라.

"가볼까."

아주 호전적인 동부 영지 피에릭.

이안의 발걸음이 그곳으로 향했다.

5년 만에 맛보는 황성 밖 세상의 공기였다.

7장
피에릭 영지

그린리버 제국 동쪽의 지배자. 동부 대초원과 경계를 이루는 피에릭 영지. 그곳의 상황은 황실과 상아탑에 올린 보고보다도 훨씬 심각한 상황이었다. 표현 그대로 '준전쟁'이나 다를 바가 없었으니까. 대초원으로부터 밀고 들어오는 몬스터들과의 전쟁 말이다.

"괴물들이랑 싸우는데 보급이라니."

"이게 도대체가 전쟁이야 토벌이야?"

"전쟁이지. 그놈들 치고 빠지는 거 못 봤어?"

"듣자 하니 제국군 쪽은 매복에 당했다더만."

"세상이 망할 징존가? 괴물이 머리를 다 쓰고."

대초원과 피에릭 영지의 경계선.

그곳에 속속들이 생겨난 '전선' 이들은 바로 그 전선으로 향하는 보급 부대였다.

다시 한번 강조하지만, 결코 몬스터 토벌이 아니다. 명백한 전쟁 그 자체의 흐름이었다. 그 어떤 토벌이 보급을 논하겠는가?

"그 괴물 새끼들은 갑자기 왜 기어오는 거지?"

"낸들 아나! 원래는 지들끼리 싸우거나, 야□족 놈들하고 박터지게 싸우거나, 둘 중 하나 아니었냐고! 왜 갑자기 지랄이야?"

점점 격해지는 병사들의 욕지거리.

상대는 무려 몬스터 연합이었다. 각종 몬스터들이 부족을 이뤄 영지를 침범했다. 덕분에 경계선과 가까운 마을들은 이미 초토화 상태였다. 대규모 병력이 파견되어 다시 밀어내기는 했으나, 완전히 밀어낼 수는 없었다.

결국 경계선의 몇몇 협곡을 전선 삼아 크고 작은 전투가 이어지고 있었다.

"근데 그 고위 마법사란 분은 언제 오신답니까?"

"그러게. 요청한 지가 언젠데."

"지금쯤 와 있어야 하는 거 아닌가?"

병사들의 물음은 한 사람을 향했다. 보급 부대에 배정된 유약한 인상의 마법사. 아카데미를 졸업한 지 고작 1년 차

되는 1클래스의 파견 마법사, '맥기디'가 그 대상이었다.

"나, 나도 잘은 모르오."

맥기디가 고위 마법사의 행방을 어찌 알겠나?

같은 마법사라 해봤자 얼굴 한 번 본 적 없는데.

아, 스쳐가며 본 경험은 있는 것 같다. 평범한 마법사였다면 동기가 되었을 친구들을 만난다나 뭐라나, 하여튼 그러한 명목으로 아카데미에 몇 번 왔었으니까.

"진짜 고위 마법사란 분들은 뭐가 달라도 다른 겁니까? 전선에 계신 그 3클래스인지 하시는 분들. 물론 대단하시긴 한데, 고작 한 명 더 온다고 차이가 클 것 같지도 않아서 말입니다. 아시겠지만, 상대가 워낙 많다 보니까."

병사와 마법사의 신분 차이는 크다.

설령 1클래스의 마법사라도 그렇다.

한데도 병사들의 언행에 조심성이 없었다.

병사들의 호전적인 분위기에 위축된 탓이 컸다.

"거 듣고 보니 일리가 있구먼. 고위 마법사 분들도 숫자로 따지면 4클래슨가, 그거 아니야? 3클래스나 4클래스나. 차라리 제국군이나 더 보내줬으면 좋겠는데."

그 단순한 비교에 동감하는 병사들.

결국 소심하게 입을 여는 맥기디였다.

"크, 큰 차이가 있소."

"정말입니까? 정말 차이가 있긴 있어요?"

"고위 마법사께서 오신다면 부, 분명 큰 힘이 될 거요."

"에잉! 믿을 수가 있어야지."

병사들이 맥기디를 무시하는 이유가 따로 있었다. 처음 몬스터와의 실전에 투입되었을 때, 18살의 맥기디는 그만 겁에 질려 아무것도 하지 못했다. 심지어 오줌까지 지렸다. 그 모습을 몇몇 병사들이 봤고, 끝내 놀림감으로 전락해 버린 거다. 지위가 있어 대놓고 무시하진 못했으나, 소문은 빠르게 퍼졌다. 최전방에 있어야 할 마법사가 보급 부대에 배정된 것도 그러한 이유였다.

"그래도 뭐, 맥기디 님이 계셔서 든든합니다. 마법사가 지켜주는 보급 부대라니. 세상에 이런 보급 부대가 또 어디 있겠습니까?"

영지 내 높은 이들마저 묵인한 놀림거리.

병사들의 사기가 꺾인다는 명목이었다.

결국 맥기디도 크게 대응할 수 없었다.

"이런 부대에 배정받은 저희들은 정말 행운······."

아까부터 주도적으로 떠들었던 병사.

그의 목소리는 딱 거기에서 끝이 났다.

"커, 커컥······!"

날아든 화살이 목구멍을 꿰뚫었으니까.

"화살……?"

병사들은 아직 상황 파악을 할 수 없었다.

대체 누가, 어디서 쏜 화살이란 말인가?

그것도 저렇게 커다란 화살을?

"크헉!"

가장 신나게 맞장구를 쳤던 병사 또한 먼저 간 병사와 같은 운명을 맞이했다. 인간이 쓰는 화살보다 훨씬 커다란 화살 한발에 옆통수를 내어주고 말았다.

"뭐, 뭐야. 지금 뭐야?"

"저, 저기…… 저기……!"

사방에서 모습을 드러내기 시작한 적의 정체. 그 정체는 바로 트롤. 보급대보다 족히 곱절은 더 많은 수의 트롤 부대가 퇴로를 차단하며 나타난 거다.

"트, 트롤?"

"트롤이 어떻게……?"

청녹색 피부에 괴상한 문양을 새긴 트롤.

고블린 같은 하급 몬스터와 격이 달랐다.

인간보다 훨씬 큰 덩치, 값을 하는 근력.

뾰족한 턱과 코, 뒤로 솟아오른 뒷통수.

기이하게 튀어나온 한 쌍의 뻐드렁니까지.

"이게 무슨 말도 안 되는……."

"트, 트롤이 보급을 노렸다고?"

올해 영지를 공격해 온 몬스터가 지능적이란 사실은 알고 있었다. 하나 그것은 어디까지나 단순함의 극치였다. 도망칠 때 도망치고 공격할 때 공격하는, 적을 유인하고 그 길에 매복하는, 딱 그 정도 수준의 판단력에 머물렀다는 얘기다. 한데 지 트롤들을 보라. 전선에 있어야 할 놈들이 어째서 영지 한복판에, 그것도 보급 부대를 노린단 말인가?

"모, 모여! 방패 앞으로!"

고참 병사가 외치자 다른 병사들이 보급 수레로부터 허겁지겁 방패를 꺼냈다. 문제는 병사의 수가 방패 진을 펼칠 정도로 넉넉하지 않다는 점이었다.

"크륵! 크르륵!"

트롤 특유의 침 끓는 소리.

놈들은 압도적인 숫자로 보급 부대를 압박하기 시작했다. 수도 수지만, 트롤의 전투 능력은 보급 부대의 병사들을 아득히 초월한다. 머릿수도 실력도 부족한 상황, 결코 이길 수 없으리라.

"매, 맥기디 님! 뭐라도 좀 해보십쇼!"

다급해진 병사들이 마법사부터 찾았다.

그나마 뭐라도 기대해볼 수 있는 자, 결국에는 마법사였다.

"저, 저는……."

"이러다 전부 죽는다고요!"

"마법사라면서! 맥기디 님!"

1클래스 마스터조차 되지 못한 그다.

이런 상황에서 무얼 한단 말인가?

상대는 엄청난 수의 트롤 부대다.

한두 마리가 아니라는 얘기다.

'이, 일단 접근부터 늦춰야 해.'

맥기디 또한 살고 싶었다.

나름의 판단을 내렸고, 행동은 빨랐다. 다행이 주변에 풀과 나무가 많이 보였다. 불을 지르기 용이한 지형이다.

"지, 지금 뭐하시는 겁니까?"

"접근부터 막는 거요!"

"차라리 트롤을 맞추시지!"

"그, 그럼 흥분해서 달려들 게 아니오?"

이런 와중에 병사들과 마법사는 의견이 갈렸다. 보급 부대가 오합지졸이 되기까지는 그야말로 찰나였다.

'어, 어떻게, 이제 어떻게 해야……?'

답을 찾고자 하는 마법사 맥기디.

아무리 생각해도 뾰족한 수가 없었다. 단지 살고자 하는 욕망만 꿈틀거릴 뿐.

'주, 죽기 싫어. 아직은.'

맥기디 뿐만 아니라 모두가 그랬다.

죽기 싫다. 여기서 죽을 수는 없다. 특히 트롤에게 죽어서는 안 된다.

가장 대표적인 '식인' 몬스터.

인간의 가죽은 물론 뼈조차 발라내 도구로 삼는 놈들이다.

'그런 놈들한테 죽는다고?'

인간으로서 최악의 치욕, 눈앞이 깜깜해짐을 느꼈다.

도망칠 길조차 보이지 않는다.

"아, 안 돼. 안 돼!"

어떤 이름 모를 병사의 울부짖음. 그 울부짖음이 모두의 절망을 대변하는 그때였다. 맥기디와 병사들은 물론 트롤부대까지. 공통된 현상을 하나 목격할 수 있었다.

"······뭐지?"

하늘에서 떨어지기 시작한 정체불명의 물체.

잡티 하나 없이 하얗고, 차가웠다. 손 위로 떨어지자 금세 녹아버린다.

"눈?"

병사들은 눈의 존재를 몰랐다.

동부에는 눈이 내리지 않으니까. 하나 맥기디는 알고 있었다. 그는 북부 출신이다.

"어떻게?"

그렇기에 더더욱 의아했다.

이곳은 동부 피에릭 영지다. 한데 비가 아니라 눈이 내린다고? 다른 곳도 아닌, 동부의 하늘에서?

"허, 허어……?"

본능적으로 하늘을 올려다본 맥기디와 보급대의 동부 토박이 병사들.

모두가 일제히 기겁할 수밖에 없었다.

휘오오오오…….

눈보라.

하늘에 눈보라가 치고 있었으니까.

더욱 놀라운 것은 사람이 있다는 거다.

눈보라 사이로 인간의 형체가 나타났다. 푸른색 로브 차림를 입은 남자였다.

"블리자드."

그 들리지 않는 읊조림과 함께, 중구난방으로 휘몰아치던 눈보라가 우르르 몰려들기 시작했다. 마치 커다란 먹이를 쫓는 물고기 떼처럼. 물론 그 먹이는 남자의 손짓이었다. 그 손짓 한번에 눈보라가 조종되고 있었으니까.

"크륵! 크르륵!"

"크아아아악!"

거센 눈보라가 지면을 휩쓸었다. 맥기디나 병사들이 아닌,

오로지 트롤만 골라서 집어삼켰다. 그때부터는 맥기디도, 병사들도 넋을 놓아버리고 말았다. 그럴 수밖에 없었다.

휘오오오오오-!

급히 퇴각을 시도하는 트롤 부대.

그러나 눈보라 앞에 놈들의 뜀박질은 발버둥조차 되지 못했다. 눈보라가 휩쓸고 간 자리에는 이미 빳빳하게 굳어 동사해 버린 트롤의 시체만 널브러져 있었으니까.

"뭐, 뭐, 뭐가 어떻게……."

그야말로 순식간에 벌어진 일이다.

트롤들은 전멸했고, 자신들은 살았다.

한데도 도통 실감이 나지를 않았다.

"마, 마법?"

고민 끝에 한 가지를 간신히 떠올린 병사들.

그래. 이건 마법이 분명하다. 마법이 아니고서야 이런 초월적인 힘이 가능할 리 없다. 하면 누가? 옆에 저 맥기디란 마법사가?

'그럴 리가.'

그건 말도 안 된다. 지금 이 기상천외한 마법은 파견 나온 3클래스 마법사들조차 보여주지 못했던 규모다. 그야말로 압도적이다. 가히 자연재해나 다름없다. 그렇다면 답은 하나뿐, 저 허공에 뜬 남자. 푸른 로브의 남자야말로 마법사란 건데.

'3클래스 마법사보다 강한 마법사?'

모두의 생각이 거기까지 닿았을 때, 정체를 알 수 없는 마법사 역시 지면으로 내려왔다.

"누, 누구십니까?"

긴장으로 범벅된 병사들의 물음.

그 물음에 후드를 걷는 마법사였다.

"창 내리세요. 아군입니다."

생김새도, 목소리도 소년과 청년의 경계에 끼인 남자. 덕분에 맥기디는 눈치챌 수 있었다. 자기 또래의 마법사 중 이정도로 강력한 마법사, 누가 있겠는가?

"이, 이안…… 페이지 님?"

병사들도 이안의 이름을 알았다.

소문만큼은 익히 들었으니까.

이야기책에서나 나올 법한 천재, 역대 최연소의 고위 마법사.

"이안 님이…… 맞으신가요?"

아주 조심스러운 맥기디의 물음에.

"저를 아시네요."

가볍게 대답하는 이안이었다.

물론 그 한마디로 충분했지만.

"뵈, 뵙게 되어 영광입니다!"

크게 놀란 맥기디의 모습에 고개를 끄덕여 준 이안. 그가 품에서 보패를 꺼내 들었다. 어느 영지든 병사와 영지민의 한시적 통솔권이 주어지는 '고위 마법사의 보패'였다.

"파견을 명받은 상아탑의 고위 마법사 이안 페이지입니다. 피에릭 대영주님께서 전선에 있다는 소식을 들었는데, 그곳까지 안내해 주실 수 있겠습니까?"

사뭇 정중하게 느껴지는 이안의 요청.

보패를 보였으니 명령이나 다름없다.

오히려 보급 부대가 보호를 받는 쪽에 가깝다.

"아, 안내해 드리겠습니다!"

병사들이 너도 나도 눈치만 살피는 그때였다. 꽤나 고참으로 보이는 중년의 병사가 마음을 먹고 나섰다. 그는 고위 마법사의 보패가 가진 힘을 정확히 알고 있었다. 비록 실제로 보는 건 처음이나, 듣기로는 똑똑히 들어봤으니까.

"그, 그리고 모두를 구해주셔서 감사드립니다!"

또한 고위 마법사가 가진 힘을 알고 있었다.

전시라고, 웃전이 묵인했다고 1클래스 마법사를 조롱할 때와는 경우가 다르다. 지금 병사들이 웃전이라 믿는 자들 꼭대기에 고위 마법사가 군림한다. 괜히 헛소리를 지껄였다간 목이 날아갈 터. 지금까진 관망했으나, 슬슬 나서야 할 차례였다.

"이 은혜, 평생 잊지 않도록 하겠습니다!"

넙죽 엎드려 감사부터 표하는 고참 병사. 그 모습에 다른 병사들도 덩달아 엎드렸다. 본능적으로 직감한 거다. 고위 마법사의 정중한 말투와 얼굴, 그것이 다가 아니라는 사실을.

"가, 감사합니다! 감사합니다! 마법사님!"

"이놈들을 살려주셔서 고맙습니다! 예!"

"덕분에 가족들 얼굴을 다시 볼 수 있겠습니다요!"

그렇게 한참 동안 이어진 감사의 세례.

온갖 표현을 다 끌어다쓰는 병사들이었다.

'대, 대단하다.'

한편 얼이 빠진 채로 바라보는 맥기디.

자신으로서는 감히 상상도 못할 대접이다.

'저게 진짜…… 마법사구나.'

생전처음 봤다. 고위 마법사의 위용을, 그리고 통감했다. 진정한 마법사의 힘을, 놀라움을 넘어서 몽롱해지는 기분이었다.

"마법사님."

"……."

"마법사님?"

"아! 예!"

이안의 부름에 정신이 쏙 돌아온 맥기디.

"파견 마법사 되시죠?"

"맞습니다! 뵙게 되서 영광……."

"그 인사는 아까도 하셨습니다."

"아……."

피식 웃은 이안이 말문을 이어갔다.

"성함이 어떻게 되십니까?"

"맥기디라고 합니다! 파견 나온 지는 이제 1년……."

"저보다 선배시네요."

"서, 선배라니……."

"가시죠. 언제까지 서 있으시려고."

이미 병사들은 떠날 채비를 끝냈다.

심지어 멀찍이 걸어가고 있었다.

맥기디가 생각에 잠긴 사이에 말이다.

"죄, 죄송합니다!"

후다닥 달려가 대열에 합류하는 맥기디였다.

"그렇습니까?"

"큰 뱀의 협곡 말고는 제국으로 넘어올 길이 없거든요. 그 외에는 결국 산맥을 넘어오는 길밖에 없는데, 떼로 몰려오긴 어려운 길이죠."

1년 차의 파견 마법사 맥기디는 어느새 가장 충실한 '안내자'가 되었다. 대부분은 이안도 아는 내용이었지만, 처음 듣는 바도 있었기에 모르는 척하기로 했다.

"어제 그 트롤들은 산을 넘어왔겠군요."

산맥을 타고 넘어오는 소수의 몬스터까지 완벽하게 봉쇄하기란 어려운 일이다. 하물며 보급을 노릴 거라고 예상이나 했겠는가? 아무리 생각해도 기이한 일이었다.

'그 홉고블린도 대초원에 있어야 할 놈인데.'

문득 모그리안 영지에서의 일을 떠올린 이안. 그때의 그 홉고블린도 지금과 비슷하게 넘어온 놈일까?

'아니지.'

잠시 고민했던 이안이 고개를 저었다. 가능성은 충분하다. 단지 낮을 뿐이다. 여기서부터 북부 영지까지는 엄청나게 먼 거리다. 도착하기도 전에 토벌될 터.

"피에릭 영주님께서도 협곡에 계십니다. 매번 최전방에 나서시는데, 보는 제가 다 심장이 조마조마하더라고요."

맥기디의 설명은 계속 이어졌다.

젊은 대영주 '칼리안 피에릭'.

동부 최고의 전사로 유명한 남자.

전생에는 이안과 안면이 있는 자였다.

'최고의 전사가 지도자라는 점이 문제지만.'

항상 목숨을 내놓고 다니는 인물이다. 그 흔한 후계자도 하나 없는 주제에 물불을 가리지 않는다. 멋지긴 한데, 영지의 미래를 생각하노라면 그리 좋은 지도자는 아니다.

"아무튼, 이안 님이 아니었다면 큰일 날 뻔했습니다."

그래. 정말로 큰일 날 뻔했다.

맥기디는 파견 1년 차 수습 마법사다. 한데 전생의 이안은 이곳으로 파견을 나왔다. 날짜로 따지자면 올해 말쯤. 이것이 무엇을 뜻하겠는가? 맥기디가 계속 살아 있었다면 공석도 나오지 않았을 거라는 얘기다.

'아마 죽었겠지. 트롤들한테.'

어제 그 기습으로 맥기디는 죽었고, 파견 마법사의 자리가 공석이 되어 이안에게 돌아왔다. 전생의 상황은 분명 그렇게 돌아갔을 터.

"다시 한 번 감사드려요. 정말 꼼짝없이 죽는 줄 알았습니다. 트롤들은 인육을 먹는다던데, 너무 끔찍해서……."

으스스 떨어 보이는 맥기디.

이안이 그를 잠시간 바라봤다.

하얗고 유한 얼굴, 조막만 한 덩치.

그럼에도 크게 입은 로브까지.

'남장을 한 건가.'

사실 이안은 어제부터 알고 있었다. 아니, 오기 전부터 알 았다. 파견을 나오기 전 피에릭 영지의 정보를 간략하게 살 폈으니까. 전생에는 죽었을 파견 마법사의 정보도 마찬가지 였다.

'나름대로 고민이 많았나본데.'

마법사는 분명 엄청난 권한을 갖는다. 심지어 강하기까지 하다. 호전적인 병사들? 마음만 먹는다면 순식간에 고깃덩 이로 만들어 버릴 수 있다. 하지만.

'문제는 의지, 그리고 경험.'

거의 모든 마법사들은 12살에 아카데미로 불려와 5년간 폐쇄적인 생활을 거친다. 세상 경험이 아주 일천하다는 얘 기다. 5년의 의무적인 파견은 그러한 부분을 메꿔주는 제도 였다.

'이런 영지일수록 위축이 될 수밖에.'

제국에서 전투가 가장 잦은 영지.

그 호전적인 분위기에 겁을 먹었을 터.

선천적으로 심약한 성정이라면 더더욱.

더군다나 파견 1년 차 아니겠는가.

'인상이나 목소리는 마법으로 손봤을 테고.'

아마 그래서일 거다.

이름까지 바꿔가며 남장을 선택한 까닭.

없는 경험으로 쥐어짜낸 '최후의 보루'쯤 되겠다.

'역효과 같긴 하다만.'

하나 이안이 보기에는 실수로 보였다. 일부 병사들이 만만하게 본다고는 하나, 어찌 되었든 보장된 '지위'와 '마법'을 갖고 있다. 결코 선을 넘을 수 없다는 얘기다.

'차라리 남자보다는.'

왜소하고 유약한데 겁까지 많은 남자보다는, 처음부터 여인으로 나서는 쪽이 괜찮은 대우를 받았을 거다. 적어도 그쪽은 '보호 본능'이란 게 자극될 테니까.

"저기 보이는 저기가 큰 뱀의 협곡입니다."

맥기디가 앞을 가리키며 말했다.

멀찍이 보이는 동부 최대의 격전지.

이안 혼자였다면 금세 도착할 거리였다.

"잠시."

보급 부대의 행렬을 멈춰 세운 이안이 하늘 높이 떠올랐다. 그러고는 마나를 끌어 모아 사방으로 방출시켰다.

'디텍트.'

주변의 생명체를 감지하는 마법.

무색 파장이 광범위하게 퍼져나갔다.

다른 마법사도 아닌 이안의 디텍트다.

그 범위 역시 엄청났다.

'없군.'

또 다른 몬스터의 움직임이 없는 걸 확인한 이안이 지상으로 내려왔다.

"먼저 갑니다. 몬스터는 없으니 안심하세요."

먼저 가겠다는 말에 당황을, 주변에 몬스터가 없다는 말에 안도의 한숨을 내쉬는 보급 부대 병사들이었다. 맥기디의 안색만 처음부터 끝까지 일관되게 어두울 뿐.

'좋았는데…….'

아쉬움을 느끼는 맥기디였다.

이안 옆에 있을 때는 병사들도 자신한테까지 예의를 갖췄다. 그 기분이 썩 나쁘지는 않았는데, 아니, 좋았는데. 꿈만 같았던 하루도 여기서 끝이구나 싶다.

"그럼."

이안이 큰 뱀의 협곡으로 날아갔다.

그에게 부여된 임무는 '동부 사태 종결'.

모든 역량을 동원해 수습하라는 거다.

몬스터를 쓸어버리든, 원인을 차단하든.

협곡은 그 시작의 서막을 알릴 자리였다.

"저 추잡한 머리통 열 개만 뽑아서 가져와라!"

실로 거대한 규모를 자랑하는 협곡.

대초원과 그린리버 제국 유일의 통로.

큰 뱀의 협곡은 그야말로 진쟁터였다.

"그 전까지는 죽을 생각 꿈도 꾸지 말고!"

대영주 '칼리안 피에릭'을 선봉으로 한 피에릭의 전사들은 물론 제국군에 3클래스 마법사 둘까지. 동원 가능한 모든 병력을 집결시켜 꽁꽁 틀어막은 협곡 너머로 다양한 몬스터가 물밀듯 밀려들어 왔다.

"내 말 알아먹겠는가!"

"여부가 있겠습니까! 대영주!"

30세의 젊은 대영주 칼리안.

그가 두 자루 도끼를 휘두르며 호방하게 외쳤다. 함께 선봉에 선 피에릭의 전사들 또한 목숨을 내놓고 달려들었다. 하나 그 용맹함과는 무관하게 전투의 향방은 그리 밝지가 않았다.

'머릿수부터 차원이 다르다.'

하늘 높은 곳에서 내려다보는 이안이다. 양쪽의 전력 차이가 객관적으로 보였다.

협곡 너머 펼쳐진 몬스터의 군세를 보라. 그 차이를 메꿔 줄 마법사조차 후방에 있었다.

'마나 호흡 중인가.'

아무래도 마나가 바닥나 버린 모양이다.

그만큼 전투가 길어지고 있단 뜻이겠지.

'일단 막아놓고 봐야겠군.'

저대로 둔다면 끝은 파멸이다.

몬스터들도 그 사실을 알기에 물량공세를 펼치는 거다.

'하프 엘릭서부터.'

더글라스의 특제 하프 엘릭서.

이안이 그 마개를 뽑아버렸다.

쓴 냄새가 확하고 올라온다.

꿀꺽!

온몸으로 퍼지는 하프 엘릭서의 효과.

과연 더글라스의 자신감은 근거가 있었다.

효능부터 효능이 만개하는 시간까지. 제 아비가 만든 것보다 모든 면에서 우월했다.

'나를 죽인 원흉답군.'

말은 좀 이상해도 명백한 칭찬이었다.

8클래스 마법사조차 독살시킨 독약.

무려 그 독을 만든 장본인 아니던가?

전생의 더글라스가 말이다.

"흐음."

피식 웃은 이안의 커다란 협곡을 내려다봤다. 대평원과 제국의 유일한 통로, 그 협곡에서 펼쳐지는 전투를 멈춰낼 방법, 그는 알고 있었다. 비록 협곡 너머까지 펼쳐진 적을 전멸시킬 힘은 없었으나, 잠시 막아낼 재량만큼은 충분했다.

"시작해 볼까."

격렬한 전투가 치러지는 협곡의 경계선. 그보다 살짝 몬스터 쪽으로 치우친 위치. 이안이 선택한 낙하지점은 그곳이었다.

자칫 아군까지 휘말릴 수도 있으니까.

탁!

이안의 등장에 잠시나마 시선이 쏠렸다.

목숨이 오고가는 전장이다. 길게 보긴 힘들다.

단지 의문 한자락 품기엔 충분한 시간이었다.

'누구지?'

협곡 내 모든 생명체를 훑고 지나간 의문점. 그 해답을 얻기까지는 오래 걸리지 않았다. 이안의 양손에 집중된 강대한 마나가 방금 지면으로 스며들었으니까.

"아이스 월."

이안이 만들어내기 시작한 '아이스 월'.

그건 결코 평범한 얼음 장벽이 아니었다.

쿠구구구구구─!

협곡의 좌우 폭은 엄청나게 넓었다.

양쪽 곡벽이 가진 높이 역시 대단했다.

산맥 중턱에 파인 협곡이 아니겠는가?

하나 얼음 장벽의 규모는 그보다 더 위용이 넘쳤다. 협곡을 순식간에 틀어막아 버릴 정도로 웅장한, 그야말로 '장벽' 그 자체였다.

"무, 무슨……."

이안의 요란한 등장은 이번에도 모두의 넋을 빼놓기 충분했다. 하나 보급 부대와는 상황이 달랐다. 아직 장벽 안쪽으로 몬스터가 상당수 남아 있다. 그것들부터 정리해야 계속하지 않겠는가? 놀라 자빠지든, 넋을 빼고 바라보든.

"상아탑의 고위 마법사께서 오셨다!"

눈치 빠른 대영주 칼리안이 목청 터져라 외쳤다.

지금 병사들에게 그 한마디만큼 힘이 되는 말이 없을 거다. 모두가 고위 마법사의 등장을, 그 마법사가 불러낸 상식 이상의 얼음 장벽을 목격했으니까.

"고위 마법사께서 우리와 함께하신다! 한 놈도 살려두지 마라 ! 한 놈도!"

장벽 안쪽으로 고립된 몬스터들.

놈들이 순식간에 도륙되기 시작했다.

한껏 사기가 오른 병사들의 창칼.

그리고 대영주 칼리안의 도끼 아래.

끝날 줄 몰랐던 협곡의 전투는 잠시 소강 상태로 접어들었
다. 이안이 펼친 얼음 장벽을 넘어올 수도 없거니와, 그 많은
몬스터들이 당장 산을 타고 넘어오기에는 여러 가지로 문제
가 많았다.

"놈들이 머릿수로 밀고 들어올 줄은 몰랐소."

대영주 칼리안 피에릭의 널따란 막사. 그곳에서 두 사람이
독대를 나누고 있었다.

압도적인 덩치의 대영주 칼리안.

그리고 고위 마법사 이안이었다.

"아니, 예상은 했지만 그 정도로 많을 줄은 몰랐지. 오늘
은 아주 작정을 한 것 같더군. 대초원에 무슨 변고가 있긴 있
는 모양이오. 그렇지가 않고서야……."

칼리안의 말이 옳았다. 이안 역시 아이스 월을 펼치는 순
간 느낄 수 있었다. 몇몇 몬스터와 눈이 마주쳤으니까. 그 눈

빛에서 전해진 감정, 그것은 적개심 따위가 아니었다.

'두려움.'

마치 무언가로부터 쫓기는 듯한 두려움.

사지에 내몰린 병졸의 그것과 비슷했다.

'분명 무슨 일이 있다.'

놈들이 두려움에 떨면서도 돌격해 온 까닭.

아마 그것이 사태를 종결시킬 단초가 될 터.

"이안 공도 아시겠지만, 우리는 두 가지 요청을 황실과 상아탑에 전달했소. 첫 번째는 계속 맞서 싸울 수 있도록 군대와 군수물자를 지원해 달라는 것이었고, 두 번째는 고위 마법사를 파견해 달라고 요청했지. 개인의 힘만으로 이 사태를 해결해 줄 수 있는 고위 마법사 말이오."

칼리안이 막사 밖 얼음 장벽을 바라보며 말했다.

"물론 저 얼음 장벽은 감탄스럽소. 협곡을 틀어막았으니 당분간은 여유가 생기겠지. 하나 임시방편에 불과하지 않겠소? 군대를 대신하여 고위 마법사께서 오셨으니, 우리는 보다 근본적인 해결책을 논의해야 한다고 보는데."

대영주 칼리안으로서는 당연한 요구였다. 군대가 왔다면 계속해서 몬스터와의 전쟁을 치르겠으나, 제국은 그 요청을 보류했다. 대신 한명의 고위 마법사 이안 페이지를 보내왔다. 이는 전면전이 아니라 다른 방법을 모색하란 뜻이나 마찬가지였다.

"무슨 말씀인지 알겠습니다."

처음부터 묵묵히 듣기만 했던 이안의 대답.

그가 계속해서 말문을 이어갔다.

"장벽은 아마 열흘 정도 유지될 겁니다."

장벽은 마나와 함께 서서히 증발한다.

즉 열흘 정도는 안전할 거란 얘기였다.

산맥을 통해 들어오는 움직임만 경계한다면 말이다.

칼리안의 표정이 조금은 밝아졌다.

"그 열흘 내로 다녀오도록 하죠. 대초원에."

"이안 공께서 직접 말이오?"

"원인부터 찾아보겠습니다. 가능하다면 해결법도."

그것이 바로 고위 마법사의 의무였다.

평범한 인력으로는 감당이 불가능한 재난.

그 재난을 개인의 능력으로 해결하는 해결사.

'대초원에는 챙겨갈 것도 좀 있으니까.'

비단 고위 마법사의 의무뿐만이 아니다. 애당초 피에릭 영
지를 선택한 이유에는 많은 요소들이 있었다. 전생에 겪어본
익숙한 영지, 이안도 잘 알지 못하는 흥미로운 상황. 그러한
이유와 마찬가지로 제3의 목적 역시 존재했다.

'특히 그 스태프.'

대초원에 들른다면 반드시 살펴야 할 요소들.

그중 으뜸으로 꼽아둔 가치는 어떤 '스태프'였다.

'아마 원주민들이 보관하고 있겠지.'

대초원의 원주민들도 이번 몬스터 사태와 무관하지는 않을 터. 상황을 잘만 이용한다면 '모그리안 링', '황비의 아뮬렛', '미첼 그린리버의 로브'를 취했을 때와 마찬가지로 아주 그럴듯하게 얻을 수 있으리라. 이안 자신의 '네 번째 아티팩트'를.

8장
대초원의 계획

"생각보다 심각한데."

대초원의 반을 가르는 북쪽. 여러 종의 몬스터 서식지를 두루두루 살펴본 이안이 당혹스러운 듯 중얼거렸다. 과연 그럴 수밖에 없었다.

'대초원 몬스터들이 연합이라도 한 건가.'

몬스터가 칠 할, 원주민이 삼 할을 차지한다고 알려진 대초원이다. 지난 수백 년간 원주민들은 하나의 부족을 이루는 데 성공했으나, 여러 종으로 나뉜 몬스터들은 얼마 전까지만 해도 서로를 죽고 죽이던 사이였다. 한데 그런 놈들이 하나로 뭉쳐 버린 거다. 뿐이랴?

'피에릭 영지만 공격하는 게 아니었어.'

몬스터들은 피에릭 영지, 즉 그린리버 제국만 공격한 것이 아니었다. 대초원을 기준으로 북쪽의 콜드우드 제국, 북서쪽에 닿아 있는 로 공국의 국경까지 동시다발적으로 침범하고 있었으니까.

'왜?'

더 자세한 정황은 살피기 어려웠다. 다만 몬스터들이 삼국의 국경을 모두 침범하고 있다는 것. 그중에서도 피에릭 영지가 가장 집중적으로 공격받고 있다는 것은 명백한 사실이었다. 아마 이유는 큰 뱀의 협곡 때문이겠지.

'다른 국가들은 통하는 길이 좁고 다양하다.'

타국으로는 부대를 나누어 소수로 진입해야 하지만, 그린리버 제국으로는 큰 길이 뚫려 있어 침범하기 용이한 구조였다. 상대적으로 피해가 클 수밖에 없었으리라.

'그럼 원주민들은?'

몬스터들은 그야말로 모든 방향을 공격하고 있었다. 하면 가장 가깝고 접근조차 쉬운 원주민들의 부락은 어떨까? 그들도 똑같이 몬스터들에게 공격을 당하고 있을까?

'확인하자.'

원주민 부족 집결된 초원의 남쪽.

수백 개의 크고 작은 부락들, 그곳 언저리에 도착한 이안이 플라이 주문을 해제시켰다. 어떤 변수가 일어날지 모른다. 마나를 최대한 아껴두는 쪽이 현명할 터.

'조용하군.'

몬스터로 시끌벅적한 대초원의 북쪽과는 달랐다.

원주민들의 남쪽 대초원은 평화롭기 이를 데 없었다. 몬스터의 습격은커녕, 더 가까이 접근했다간 이안이 습격자로 비춰질 지경이다.

'수상해.'

그래서 더욱 수상했다.

마치 딴 세상처럼 조용한 북쪽의 분위기.

지금 이 상황에 그럴 수가 있단 말인가?

'몬스터에 예민한 건 원주민일 텐데?'

의구심의 골이 깊어지는 그때였다. 마침 주변을 순찰하던 소규모의 원주민들이 창과 도끼를 앞세우며 슬금슬금 다가왔다. 물론 목표는 이안이었다.

"웬 놈이냐!"

이안을 포위한 검은 피부의 원주민들. 하나같이 칼리안 대영주와 비슷한 덩치를 가졌다. 몬스터의 가죽과 뼈로 치장한 모습이 꽤나 위협적이기도 했다.

"적이 아닙니다."

그들과 마주한 이안의 입에서 생소한 언어가 흘러나왔다. 전생에 용언을 연구하는 과정에서 여러 언어를 익혔고, 대초원 원주민들의 언어 또한 그 대상이었다.

"그린리버 제국에서 왔습니다."

원주민들도 조금은 놀란 눈치였다.

외부인의 입에서 익숙한 말이 들린다.

모두가 처음 겪어보는 일이었다.

"우리 말을 어떻게 알지?"

무리 중 유독 거구의 원주민이 앞장서 물었다. 까맣고 탄탄한 피부가 살덩이보단 흑요석처럼 느껴질 정도였다.

"설명 드릴 시간이 없습니다. 주술사의 왕을 뵙고자 왔습니다."

"뭐라?"

주술사의 왕.

쉽게 말하자면 원주민들의 '탑주'와 같다.

그들 또한 마나 하트와 마나 브레인을 타고난 자들이 존재하며, 마법사가 아닌 주술사로 키워진다. 마나를 다루는 만큼 마법사와 많은 부분이 겹치면서도 많은 부분이 다른 존재들이다.

"북쪽 몬스터와 관련된 문제를 논의하려고 합니다. 주술사의 왕이시라면 지금 이 사태를 모를 리 없으니…….."

"놈!"

친히 그들의 언어로 상황을 설명했던 이안.

하나 원주민들의 반응은 냉담할 뿐이었다.

오히려 적대감을 여실 없이 내비쳤다.

"제국의 앞잡이가 건방을 떠는구나. 주술사들의 왕께서 네놈 따위가 만나고 싶으면 만나지는 분인 줄 아느냐?"

창대 끝으로 바닥을 쿵 치는 원주민들.

이안의 눈에 주술사의 왕이 탑주쯤으로 보일지 모르겠으나, 적어도 원주민들에게는 그보다 높은 존재였다. 말 그대로 '왕'이다.

"썩 꺼져라 이놈! 한 번만 더 헛소리를 지껄였다간 오늘 밤 대초원의 정령께 바칠 제사상 위로 올려주마!"

거칠고도 명백한 축객령이 떨어졌다.

하나 그 축객령을 받아들일 생각이 전혀 없는 이안이었다. 오히려 짜증만 치솟았다. 이안은 성격파탄자가 아니다. 남의 터전에 들이닥쳐 무작정 박살부터 내고 일을 진행하는 타입이 아니란 얘기다. 전생에는 말할 것도 없거니와, 이번 생 역시 특별한 경우를 제외하고는 그래왔다.

하나 지금은 얘기가 다르다.

"그럼, 너희들의 눈에는."

정중함은 처음이면 족하다.

두 번의 정중함이 무슨 소용이랴?

상대는 그 정중함을 받을 준비도, 자격도 없는데.

"내가 꺼지라면 꺼져줄 사람으로 보이나?"

이안의 눈매가 날카로워졌다.

원주민들 또한 창대를 고쳐 겨누었다.

"죽어야 정신을 차릴 놈이로다!"

먼저 덤벼들기 시작한 거구의 원주민.

한데 이안의 대응은 마법이 아니었다. 아니, 마법이 '전부'가 아니었다.

'아이스 스피어.'

기다란 얼음덩이가 이안의 손에 나타났다. 마치 칼처럼 얇고 기다란 얼음덩이였다.

뒷부분만 뭉툭한 것이 손으로 잡기 편했다.

의도적으로 그렇게 만든 거다.

'마나는.'

이안이 취한 자세는 명백한 검법. 이는 명백한 '제국 검법'의 자세였다.

검이 있어야 할 자리를 얼음덩이가. 아니, '얼음 칼날'이 대신할 뿐.

'최대한으로 아낀다.'

지난 5년, 이안은 올리버와 대련만 주구장창 나눈 것이 아니다. 마나 하트의 성장에 도움이 될까 싶어 육체적인 운동까지 겸했다. 자연히 기사들의 훈련과 검술을 정식적으로 익혀볼 수 있었다. 나름 흥미와 재미도 느꼈다.

'재능은 영 아니었지만.'

무인으로서의 재능은 평이했다.

하지만 이안은 마법사다. 마나를 이용한 육체 강화와 몇몇 보조 마법의 힘을 빌린다면.

'대부분의 젊은 황실 기사와 맞먹는 수준.'

민첩함이나 반응 속도 등을 강화시켜 주는 보조 마법들. 그러한 외부 요소들이 작용된 이안의 검은 그리 나쁘지 않았다. 봐줄 만하다고도 할 수 있었다. 그것이 올리버와 제2 황실 기사단 전원의 평가, 아부나 과장이 전혀 섞이지 않은 냉정한 평가였다.

채애앵!

덩치 큰 원주민의 창날이 하늘로 튕겨졌다.

근육의 힘만으로는 넘을 수 없는 격차였다.

'무, 무슨 힘이······!'

흡사 부족의 주술사 호위대와 비슷한 힘,

그들 역시 작은 덩치로 엄청난 힘을 뿜어댄다.

저 제국인도 비슷한 부류일까?

'매직 미사일.'

원주민이 휘청거리며 뒤로 물러났다.

그 틈을 놓치지 않는 이안이었다.

쾅!

작은 마나의 구체 한발이 원주민의 복부를 때렸다. 작은 폭발도 일어났다. 죽진 않으나 한동안 고생 좀 할 터. 내장이 뒤틀렸을 테니까.

"커허억!"

근력은 부족이 호위대와 같다.

한데 저 요술은 주술사의 그것이다.

원주민들이 당황한 듯 뒤로 물러났다.

"마, 마법사. 제국의 마법사!"

그들 또한 제국의 마법사를 안다.

주술사와 비슷한 족속들이 아니던가? 그 사실을 깨달은 원주민들이 뿔피리를 꺼내 입으로 가져갔다. 지원을 요청하기 위함이었다.

"시끄럽게 만들지 말고."

하나 소용없는 짓이었다. 땅바닥에서 튀어나온 덩굴이 팔과 뿔피리를 낚아챘으니까. 여기는 대초원이다. 적은 마나로도 대지 계열의 마법을 부리기 최적화된 장소.

"몬스터가 국경을 침범하고 있다."

이안이 포박된 원주민들에게 다가갔다.

날카로운 얼음칼날로 하여금 목까지 겨눈다.

"그런데 너희들은 아무런 영향도 없군. 관련이 없을 수가 없겠지."

목에 살짝 닿는 것만으로도 피가 묻었다.

얼음의 끝이 그만큼 날카롭다는 증거.

"말해. 주술사의 왕, 어떻게 만날 수 있지?"

"주, 주술사의 왕께서는……."

"젊은이, 나를 찾는가?"

후방에서 들려온 노인의 목소리.

거리는 멀었지만, 소리는 들려왔다.

주술사 또한 마법사와 동류의 존재. 목소리에 마나를 불어넣는 거야 일도 아닐 터.

"제국인이 어째서 주술사의 왕을 찾는 겐가?"

늑대 가죽을 뒤집어쓴 노인이 다가왔다.

대인원의 호위 병력은 덤이었다.

"주술사의 왕이 되십니까?"

"그렇게들 부르더군."

"그린리버 제국에서 왔습니다. 몬스터에 관한 일을 여쭙고자 왔는데."

목에 겨누었던 얼음칼날을 거둔 이안.

그가 노인의 손에 쥐어진 박달나무 지팡이를 흘겨보며 말했다.

"혹 아시는 바가 있으신지요."

"몬스터들이 무얼 어찌하고 있기에?"

"삼국의 국경을 침범하고 있습니다."

"흔한 일이지."

당연한 듯 대답하는 노인.

흔한 일, 맞다. 흔한 일이다.

문제는 규모가 흔하지 않다는 거다.

"이상하네요. 부족분들이야말로 몬스터의 움직임에 민감
하신 분들일 텐데, 아무것도 모르는 것처럼 말씀하시군요.
그것도 주술사의 왕이라는 분께서."

이안의 불신이 깊어졌다.

또한 확실해졌다.

"그리고……."

당장 눈에 들어오는 결정적인 요소가 있었다.

"당신은 주술사의 왕이 아니야."

"……?"

이안의 말에 흠칫 놀라는 노인.

찰나였으나 이안의 눈을 피할 수는 없었다.

"무슨 헛소리를……."

"그 지팡이."

이안의 눈이 향한 곳은 노인의 지팡이.

아까부터 지켜봤던 저 박달나무 지팡이. 그것이 노인의 정체를 판가름하는 단서였다.

"주술사의 왕은 지팡이가 다른 걸로 압니다만."

대초원 원주민의 생태를 잘 모르는 이안이다.

하나 다른 건 몰라도 저것만큼은 확실했다.

주술사의 왕, 그들에게 주어지는 지팡이.

이안이 노렸던 '네 번째 아티팩트'니까.

"무슨 짓을 꾸미는 거지?"

이안의 나지막한 물음.

그 물음에 노인이 지팡이를 번쩍 들었다.

"불의 정령이여!"

그러자 큼직한 불꽃이 허공을 태우기 시작했다.

제국 마법사들의 마법과는 종류가 달랐다. 불꽃에서 머리와 팔의 형상이 두드러지게 나타났다. 불의 정령을 표방한 마법, 아니, '주술'이었다.

"네놈 따위가 알 일이 아니다, 제국인."

말투부터 돌변한 원주민 주술사.

그가 불러낸 불꽃이 이안을 공격했다.

"하……."

저들에겐 실로 비장의 한 수였을 터.

하나 이안은 냉소만 흘릴 뿐이었다.

아무래도 얕보인 모양이다. 주술사의 왕도 아니고, 주술사의 왕 행세나 하는 주술사 나부랑이에게.

'난감하네.'

마나를 아낀답시고 칼잡이 흉내를 냈던 탓이 컸다. 아마 저 주술사의 눈에는 이안이 딱 그 정도 수준으로 비춰졌으리라. 검을 다룰 줄 알며, 매직 미사일 수준의 최하급 마법을 구사하는 제국 마법사쯤으로.

'불의 정령이라.'

정령을 표방한 주술로 이안을 공격한다.

하면 이안은 그 이상을 보여줘야겠지.

명색이 제국 최고의 마법사가 아니던가?

아직 비공식적이긴 하다만.

'눈에는 눈, 이에는 이.'

주술사의 불꽃을 피한 이안이 허공에 소환진을 그렸다. 늑대정령이나 유니콘을 소환할 때보다도 훨씬 복잡하기 짝이 없는 소환진, 그럼에도 한 치의 오차 없이 완성시킨 이안이 큰 목소리로 외쳤다.

"소환술."

이번만큼은 일부러 외친 거다.

제국어가 아닌, 원주민의 언어로.

놈들은 정령을 신앙처럼 믿으니까.

"불의 정령, 살라만다."

주술사의 가짜 불의 정령 따위보다 훨씬 커다란, 압도적인 열기로 이글거리는 불꽃 도마뱀 한 마리. '불의 정령 살라만다'가 대초원의 땅에 소환되는 순간이었다.

"부, 불의 정령……?"

무려 진짜배기 정령의 등장이다. 주술사들의 모조품 따위가 아닌, 진정한 정령 살라만다가 소환된 거다. 하물며 주술사가 불러낸 가짜 정령을 순식간에 잡아먹어 버렸다.

"살고 싶다면."

원주민들의 주변을 맴도는 살라만다.

후끈한 열기가 원주민들에게 전해졌다.

들이쉬는 것만으로 내장이 타버릴 것 같았다.

허튼 짓을 했다간 당장에 불살라 버릴 기세였다.

"수작질은 거기까지."

겁을 주기에는 여러 수단이 있다.

보기만 해도 오금이 저려오는 대규모 마법들.

하나 이안의 선택은 '정령 소환'이었다.

"저, 정령……."

이유는 간단했다.

상대가 정령의 모조품을 불러냈다.

그에 대한 호승심이 첫 번째요. 두 번째 까닭은.

"불의 정령이시여!"

대초원 원주민들이 특성을 알기 때문이다.

저들에게 정령은 신앙이나 마찬가지인 존재. 주술사의 왕이 선출되는 과정부터가 그렇다. '진짜' 정령을 소환할 수 있는 주술사가 곧 주술사의 왕으로 군림한다. 마법사로 따지자면 고작 3클래스 수준의 '정령다운 정령'을 불러내는 주술사가.

'살라만다 정도는 처음 보겠지.'

원주민들에게 주술사란 왕이요, 신의 대리자나 마찬가지다. 그래서였다. 일부러 저 거대한 불꽃 도마뱀 '살라만다'를 소환시킨 까닭은 그 어떤 마법보다 겁을 주기에 효과적일 테니까. 정신적으로나, 시각적으로나.

'이렇게까지 기겁할 줄은 몰랐다만.'

이안은 그저 적당히 겁만 줄 생각이었다.

한데 저들은 넙죽 엎드려 절까지 올린다.

마치 '진짜 신'이라도 영접한 것처럼.

"불의 정령이시⋯⋯."

"그만."

이안의 말에 살라만다가 콧김을 위협적으로 뿜어냈다. 그것만으로도 바닥의 잡풀은 잿더미가 되어버렸다.

"이제 좀 얘기할 생각이 드나?"

엎드린 원주민들이 서로의 눈치만 살폈다. 오랜 세월 고립된 채로 살아온 비문명인들이다. 주술사의 왕이 모시는 정령보다 훨씬 무지막지한 정령을 목격했으니, 당분간은 제대로 된 사고가 불가능할 터.

"정령께서 묻는 말이다."

"히익!"

졸지에 정령의 대리인이 되어버린 이안.

그 효과가 탁월한 관계로 어쩔 수 없었다.

"주술사의 왕은 어디, 아니, 왜 숨기는 거지? 똑바로 말하는 게 좋을 거야."

결국 왕 행세를 했던 노년의 주술사가 엎드린 채 나섰다. 그래도 대리인 행세를 했다는 것은 주술사 중 가장 지위가 높은 자, 즉 고위 마법사에 해당하는 지위겠지.

"주, 주술사의 왕께서는 부락에 계시지 않습니다."

충분히 예상했던 대답이었다.

지금껏 보여준 이들의 반응이 그렇다.

모종의 계획을 꾸미고 있는 것은 자명한 일.

주술사의 왕이 주도적으로 펼치는 계략이리라.

"자세히 얘기해 봐."

"자, 자세한 건 저희들도…….""

"정령께서 노하셨다."

"저, 정령께서……?"

이안의 턱짓에 머리만 갸웃거리는 살라만다.

결국 목을 들고 입을 뻐끔거리는 시늉까지 보여주고 나서야 비로소 허공에 불을 뿜어댔다. 그야말로 적절한 '노하심'의 표현이었다.

"마, 말씀드리겠습니다!"

그 모습에 부들부들 떠는 원주민들.

아마 평범한 사람들이어도 저럴 거다. 거대한 불꽃 도마뱀이 눈앞에서 불을 뿜어대는 꼴이니까. 하물며 신이라 여기는 원주민들은 어떻겠는가.

"주술사의 왕께서는 기, 길을 여신다 하셨습니다."

"길을 연다?"

"북쪽 몬스터들을 토벌하여 강대국들과의 활로를 여실 방법을 찾아내셨다며⋯⋯."

"방법?"

"바, 방법까지는 알지 못합니다. 단지 방법을 알아냈다는 말씀과 함께 북쪽으로 향하셨고, 제가 대리인의 자격을 물려받았을 뿐입니다. 정말입니다."

거짓이 아님을 강조하는 노인의 목소리. 하나 이안이 발동시킨 신문 마법은 주술사 노인의 말을 거짓이라 알려주고 있었다. 노인은 그 '방법'이 무엇인지 알고 있을 터.아마 제국인에게 얘기하기 껄끄러운 방법이리라.

'몬스터를 전부 토벌할 방법이라.'

대충은 감이 왔다. 몬스터들은 분명 누군가의 명령을 수행하듯 지능적으로 움직였다. 만약 주술사의 왕이 몬스터들의 행동을 일부 조종할 수 있다고 가정한다면, 제법 그럴 듯한 그림이 그려진다.

'국경을 이용해 개체수를 줄일 계획인가.'

세 나라의 국경으로 몬스터를 보낸다.

끊임없이, 약간의 기민함까지 섞어서.

하면 국가들은 예민하게 대응하지 않겠는가?

침범해온 몬스터를 처리하고자 혈안이 될 터.

'손쓰지 않고 코 푸는 격.'

희생과 물자 소비는 모두 삼국의 몫.

결코 나쁘지 않은 계책이었다.

원주민의 입장에서 보자면 말이다.

'실제로 일어날 일이기도 하지.'

이안은 앞으로의 대략적인 흐름을 알고 있다. 삼국은 조만간 대초원의 몬스터를 토벌하고자 대대적인 연합 토벌대를 결성한다. 주술사의 왕이 바랐던 것처럼 몬스터 대부분이 대초원에서 박멸된다는 얘기다. 하지만.

'원주민들은 노예가 된다.'

그토록 원했던 강대국과의 '활로'는 열리지 않는다. 활로는커녕 자원이 풍부한 대초원을 여러 조각으로 나누어 사이 좋게 차지했고, 기존의 원주민들까지 노예로 전락시켜 버렸으니까.

'좀 더 미래의 일이지만.'

그렇다고 크게 달라지지는 않을 거다.

생각을 정리한 이안이 노인을 바라봤다.

그러고는 나지막하게 중얼거렸다.

"몬스터를 조종하는 주술이라도 찾았나 보군."

크게 움찔거리는 노인의 몸뚱이.

아무래도 정곡을 찔린 모양이다.

"어떤 주술이지?"

"……"

노인 주술사의 안색이 새파래졌다. 상대는 무려 '진정한 정령'을 부리는 존재, 뿐만 아니라 진실을 판가름하는 능력까지 가진 것으로 보였다. 계속 거짓을 고했다간 장담하기 힘들다. 자기 자신의, 그리고 부족 전체의 안위가.

"……그 주술은 어떤 여자가, 당신과 똑같은 하얀 피부를 가진 여자가 주술사의 왕께 알려준 주술식이었습니다."

"여자?"

"주술사의 왕께서는 손님이라고만 말씀하셨고, 며칠을 묵다 떠났습니다. 이후 주술사의 왕께서도 지팡이에 주술식을 새기시고는 북쪽으로 향하셨습니다. 미, 믿어주십시오."

즉 이 사태가 주술사 왕의 독단적인 계획이 아니라는 얘기였다. 하얀 피부를 가졌다면 필시 제국이나 공국의 인물일 터.

"흐음."

몇몇 추측과 생각을 떠올렸던 이안.

그러나 일단은 접어두기로 했다.

사태의 해결부터 집중하는 쪽이 옳다.

'거짓말은 아니군.'

결국 당장의 방법은 하나다.

먼저 주술사의 왕을 찾아내는 것.

저 몬스터들의 틈바구니 속에서.

'찾아낸 다음은.'

놈을 죽이든, 주술을 멈추게 만들든 몬스터들의 조종부터 끊어내야겠지.

방법만 놓고 보자면 아주 간단했다.

'찾고 접근하는 게 문제겠다만.'

이안이 길게 늘어진 머리를 쓸어 올렸다.

사태 해결의 실마리는 확실히 잡았다.

이제부터 행동에 나설 때다.

"협조 고맙습니다."

이안이 다시금 정중함을 되찾았다.

더 이상 원주민들에게 볼 일은 없었다. 딱히 분풀이를 하고 싶다는 욕구도 들지 않았다. 알아낼 것도 알아냈고, 원했던 지팡이 역시 주술사의 왕과 함께 있을 테니까.

"저분은 치료를 하셔야 할 겁니다."

살라만다의 소환을 해제시킨 이안.

그가 칼잡이 흉내로 쓰러뜨렸던 원주민을 가리키며 말했다.

"그럼."

이안의 몸이 허공으로 떠올랐다. 진짜배기 정령으로 모자라서 날아다니는 인간이라니, 오늘따라 기겁할 일이 참으로 많은 원주민들이었다.

"일이 잘못된 것인가?"

피에릭 영지의 대영주 칼리안이 이마를 감싸 쥐었다. 고위 마법사 이안 페이지가 대초원으로 넘어간 그날로부터 어느덧 열흘이 지나 버렸다. 한데 아직까지도 깜깜무소식이다.

'이대로는……'

협곡을 틀어막은 얼음 장벽 또한 조금씩 녹아내리기 시작했다. 열흘을 버틸 거라 했으니 곧 주어진 수명이 다해 버릴 터.

'마냥 기다릴 수도 없는 노릇이다.'

이안 페이지에 대한 소문은 익히 들어 알고 있었다. 그만큼 대단한 마법사가 왔으니 무언가 해결해 줄 거란 믿음도 컸지만, 아무래도 헛된 믿음이었던 것 같다.

"아돌."

"예. 대영주님."

대영주 칼리안이 막사 바깥에서 대기 중이었던 최고 전사 '아돌'을 불렀다. 협곡의 전투를 준비하기 위함이었다.

"예정대로 협곡에 진영을 갖춰라. 영지 내 모든 병력과 투석기를 집중시켜. 산맥을 경계하는 토벌대까지 모두."

"분부대로 하겠습니다."

한껏 경건해진 아돌의 목소리.

죽음을 각오한 전사의 기풍일까.

그가 빠른 동작으로 막사를 나섰다.

'이안 공. 당신을 탓할 생각은 없소.'

그것은 칼리안의 진심이었다. 애당초 혼자의 힘으로 막을 수 없는 문제였을 거다. 탓할 대상이 있다면 군대와 군수물자 대신 고위 마법사의 파견만을 선택한 황실과 상아탑뿐.

'차라리 전선에서 함께하는 쪽이 좋았을지도.'

아마 그랬다면 장벽이라도 계속 칠 수 있었을 테지. 재요청을 올려 제국군이 당도할 시간이나마 벌었을 테고.

'후회해서 무엇하리.'

그리 결론을 내린 칼리안이 자리에서 일어났다. 그러고는 막사 한쪽 가지런히 놓인 두 자루 도끼를 집어 들었다. 가문 대대로 물려받은 배틀 엑스, '피에릭가의 참수'였다.

"막아내면 된다. 내가, 나의 부하들이."

칼리안 스스로에게 거는 최면이었다.

막아내면 그만이다.

영지와 영지민을 지킨다.

제국의 가장 단단한 방패가 된다.

수십 번을, 아니, 수백 번을 되새기고 나서야 막사 밖 햇빛을 맞이할 수 있었다. 높이가 제법 낮아진 얼음 장벽도 담담하게 바라봤다.

"올 테면 와보라지."

얼음 장벽으로 틀어막힌 큰 뱀의 협곡. 그곳에 모든 병력이 집중되었다. 피에릭 영지 내 모든 병력들은 물론 일차적으로 지원받았던 제국군, 두 명의 3클래스 마법사와 파견 마법사 맥기디, 선제공격을 취할 투석기까지.

"대영주님."

"음."

시간이 얼마나 지났을까.

일대의 전투 준비는 모두 끝났다.

얼음 장벽도 본래의 크기에 절반 이하로 녹아내렸다.

"투석기 준비."

경계탑에 오른 대영주의 작은 읊조림만으로 명령이 연달아 전해졌다. 그만큼 조용했고, 모두가 긴장된 상태였다. 어떤 연설도, 다짐의 말도 없었다. 폭풍전야. 그 표현이 어느 때보다 어울렸다.

"으으……."

파견 마법사 맥기디가 몸을 부르르 떨었다.

차라리 보급 부대에서 병사들의 무시를 받던 순간이 나을 지경이다. 그녀뿐만 아니라 대부분의 병사들 역시 비슷한 생각을 떠올렸다. 아주 행복했던 기억보다는 조금이나마 나았던 그때 그 순간들. 그때만이라도 돌아갔으면 싶었으니까.

"대기하라."

하나 그러한 분위기도 잠시.

대영주의 건조한 목소리에 정신이 돌아왔다.

이제 정말 금방이다.

"아직."

장벽이 녹아내림에 가속도가 붙었다.

저대로라면 몇분 내로 마음껏 넘나들 수 있을 만큼 충분히 허물어질 터.

장벽 너머의 몬스터도, 안쪽의 병사들도.

"조금 더."

배틀 엑스를 쥔 대영주의 오른손이 머리 위로 올라갔다. 도끼의 날붙이가 햇빛을 가득 머금어 사방으로 분출시켰다. 저 손이 내려감과 동시에 투석이 시작되리라.

"조금만 더."

대영주의 눈에 장벽 건너편이 비춰지는 그때.

명령과 얼음 장벽으로 집중되었던 모두의 긴장감이 일순간 흐트러졌다. 이유가 있었다. 순차적으로 녹아내리던 얼음 장벽에 커다란 균열이 일어나기 시작했으니까.

"뭐지?"

"부, 부서지는 건가?"

"갑자기 왜?"

장장 2만을 육박하는 병사들의 수군거림.

이런 분위기, 결코 이롭지 않다.

긴장의 끈을 유지시켜야 한다.

"발……!"

투석기의 발포 명령이 떨어지기 직전.

바로 그 순간이었다.

쩌적……! 쩌저적……!

얼음 장벽의 균열은 생각보다 빠르게 벌어졌고.

쿠구구구궁─!

곧 무너져 내리기 시작했다.

덕분에 장벽 너머의 모습이 드러났다.

모든 병사들의 눈에 똑똑히.

"……?"

아무것도 없었다.

장벽 앞에도, 멀찍이 협곡 건너편에도, 단 한 마리의 몬스터조차 몰려오지 않았다.

그저 한 명의 사람만이 협곡 너머에 서 있을 뿐.

"저분은……?"

그를 가장 먼저 알아보는 자는 맥기디였다.

연이어 모두가 장벽 너머 남자의 정체를 눈치챘다.

"하, 하아! 후우우……."

흙먼지를 잔뜩 뒤집어쓴 로브 차림의 청년.

폐가 터지기라도 한 듯 숨을 몰아쉬는 남자.

"이, 이안 님?"

대초원 영지로 넘어간 지 열흘 째 되는 날.

언제나처럼 자유로운 플라이 마법이 아닌, 두 발로 직접 걸어서 돌아온 이안 페이지.

"이 지팡이……."

만신창이가 된 손에 지팡이를 쥐고 있었다. 일전에는 없었던, 아주 생소한 지팡이였다.

"절대로…… 절대로 만지지 마십……."

힘겹게 토해낸 경고의 한마디와 함께 그 자리에서 혼절해 버리는 이안이었다.

9장
한계 돌파

'절대로 만지지 마십시오. 이 지팡이.'

만신창이가 되어 나타난 이안, 그가 혼절하기 직전 남긴 말이었다.

"으윽……."

이안은 그로부터 사흘 만에 깨어났다.

약간의 신음과 함께 눈부터 번쩍 떠졌다. 참기 힘든 두통이 머리를 흔들었다.

'여긴……?'

정신을 차린 이안이 주변부터 살폈다. 딱히 꾸밈은 없었으나 깨끗한 환경의 방.

'영주성인가.'

지끈거리는 머리를 꾹꾹 누른 이안의 재빠른 판단이었다. 피에릭 영지에 이만큼 깨끗하고 넓은 방은 아마 영주성밖에 없을 거다.

'도착하긴 제대로 도착했나 보네.'

협곡에 도착했을 당시.

이안은 마나와 체력을 모두 소진해 버린 상태였다. '비몽사몽'이란 말이 실로 어울렸다.

주술사 왕의 저항이 거셌기에? 그렇지는 않았다. 오히려 그자는 쉬운 상대였다. 단지 지팡이, 주술식이 새겨졌다는 그 '대초원의 지팡이'가 문제였을 뿐.

'환술이었을 줄은.'

지팡이에 걸린 술식은 몬스터의 정신을 지배하는 주술이 아니었다. 단지 특정한 '환각'을 일으키는 '환술'이었는데, 이안 역시 환각의 내용을 목격할 수 있었다.

'대초원이 불바다가 되어버리는 환각.'

좀 더 정확히 표현하자면, 운석이 떨어져 대초원을 멸망시키는 환각이었다. 주술사의 왕은 계속해서 환술을 유지시켰고, 그 환각에 사로잡힌 몬스터들이 대초원을 필사적으로 벗어나고자 했던 것이다.

'몬스터들은 환술에 빙의하기 쉽다.'

생존 본능의 힘은 위대했다. 단 한순간도 뭉쳐본 적 없는 몬스터들이 연합체를 이루어냄은 물론, 상위 개체의 명령하에 조직적인 움직임을 보여줄 정도로.

'일단 지팡이부터 처리해야……'

지팡이에 걸린 술식 역시 제거해 낸 상태가 아니었다. 억제시킨 채로 들고 왔을 뿐, 환술의 영향에서 벗어난 대량의 몬스터로부터 벗어나기 바빴으니까.

"이안 님?"

그때 방 안으로 누군가가 들어왔다.

파견 마법사 맥기디였다.

"깨어나셨군요!"

후다닥 달려오는 그, 아니, 그녀.

손에는 물통과 수건이 들려 있었다.

"제가 얼마나 누워 있었죠?"

"사흘을 꼬박 주무셨습니다."

"사흘이라."

대답을 들은 이안이 맥기디의 위아래를 슥 훑어봤다. 도대체 왜 파견 마법사가 병간호를 하고 있는지는 모르겠다만, 지금은 그것이 중요한 게 아니었다.

"제가 들고 왔던 지팡이는?"

"아, 마법사 분들께서 따로 보관해 주셨습니다. 마나 감옥이랑 비슷한 원리로 만든 보관함이라고 하셨는데, 저기 있는 저⋯⋯."

넓은 방 한구석에 놓인 보관함.

맥기디가 그 보관함을 가리켰다.

"대처 잘했네요."

저 정도면 아주 훌륭한 대처였다.

3클래스 마법사들의 작품이겠지.

이안이 만족스러운 듯 몸을 일으켰다.

"아, 아직 움직이시면⋯⋯!"

"괜찮습니다."

그러고는 보관함으로 다가가 뚜껑부터 열었다.

끼이이⋯⋯!

기다란 보관함을 열자 박달나무 지팡이 한 자루가 이안을
반겼다. 번개라도 맞은 듯 새까맣게 탄 표면에는 깨알처럼
자그마한 술식이 빼곡하게 적혀 있었다.

'환술부터 손봐야겠군.'

새겨진 술식을 지울 수는 없다. 다만 바꾸는 방법이 존재
한다. 새로운 식을 덧붙이거나 이어서 아예 새로운 술식으로
탈바꿈시키는 방법인데⋯⋯.

'말처럼 쉬운 일은 아니지.'

결코 쉬운 일이 아니었다. 기존의 술식은 물론 매개체인
아티팩트와 호환되는 식을 찾는 게 문제였다. 잘못된 술식을

새길 경우, 아티팩트는 본연의 힘을 잃어버린 채 고물이 되어버리고 만다. 아무런 특별함도 없는 고물 말이다.

'아깝잖아. 그건.'

여러모로 이안의 마음에 쏙 드는 지팡이였다. 특히 수정구나 보석으로 지팡이 주둥이를 장식할 수 있도록 가지가 돋아나 있었는데, 바로 그 부분이 중요했다.

'통신구 끼워 넣을 지팡이는 이거밖에 없으니까.'

전생에 소유했던 여러 아티팩트 스태프.

그중 '대초원의 지팡이'를 선택한 까닭이었다.

'시작해 볼까.'

이안이 왼손 검지를 들자 아주 자그마한 얼음덩이가 삐죽 솟아났다. 술식을 새기기에 알맞은 얼음송곳이다.

사각, 사각…….

박달나무에 문자가 새겨지는 소리.

오로지 그 사각대는 소리만 들려왔다.

금방 끝낼 생각조차 없는 것 같다.

사각사각, 사각사각.

'쥐 죽은 듯이 있어야겠다.'

이안의 집중력은 정말이지 무서울 지경이었다. 덕분에 밖으로 나갈 타이밍을 잡지 못한 맥기디만 덩그러니 남았다. 움직이기는커녕 숨소리 하나 크게 내쉴 수 없었으니까.

'근데 뭘 하시는 거지?'

문득 호기심이 동하는 맥기디였다.

아카데미를 졸업한 지 고작 1년 차다.

이안이 무얼 하는 건지 예상조차 힘들었다.

'으음.'

그녀가 마나를 사용해 시력을 강화시켰다.

그러고는 지팡이를 구석구석 살펴봤다.

지팡이의 생김새부터 새겨진 술식까지.

'진짜 아무것도 모르겠네.'

그래봐야 결론은 하나였다.

아는 만큼 보이는 법 아니겠는가.

애꿎은 이안의 얼굴만 자세히 보일 뿐.

작업에 몰두한 표정이 꽤나 인상적이다.

"……."

아카데미 시절 스치듯 봤을 때는 소년이었다. 널리 퍼진 소문 또한 '최연소'나 '소년' 등으로 지칭되었기에, 어린 느낌이 강했다.

'소년은 무슨.'

한데 지금은 다 자란 청년 티를 물씬 뿜어낸다.

무엇보다도, 처음 눈보라와 함께 나타났던 그 순간부터 느끼는 거지만.

'나름 잘생…….'

"맥기디 님."

"우와핫!"

'으악'도 아니고 '꺄악'도 아닌.

참으로 요상한 비명을 내지른 맥기디는 부끄러운 모양인지 얼굴부터 휙 돌린다.

"저쪽에 서 있어 보세요."

"예, 예?"

"저 뒤쪽, 창가 쪽으로."

정작 이안은 눈길조차 주지 않았다. 손만 대충 뻗어 무언가를 지시할 뿐.

"아, 알겠습니다!"

그걸 또 맥기디는 군말 없이 따른다.

무려 고위 마법사의 명령 아니겠는가?

후다닥 창가 앞으로 향하는 그녀였다.

"이제 뭘 하면 되는지……."

"잠시."

이윽고 새로운 술식이 완성된 대초원의 지팡이. 술식 수정에 성공했다면 마나와 공명할 것이고, 실패했다면 평범한 나무 막대기로 전락해 버렸을 터. 그 성공 여부를 확인해 볼 차례였다.

'조금만.'

지팡이에 마나를 조금 주입시키자 지팡이 역시 미약한 빛을 뿜어댔다. 환술의 검붉은 기운이 아닌, 아주 맑고 깨끗한 회색빛이었다.

'좋아.'

일단 술식 수정은 성공적이었다.

의도했던 회색빛이 일어났으니까.

지팡이 또한 힘을 잃지 않았다.

반응을 한다는 것 자체가 증거다.

이제 남은 것은 실사용 점검. 마침 적절한 대상이 보인다.

"맥기디 님."

"네?"

자리에서 일어난 이안. 그가 맥기디의 면전으로 지팡이를 겨누었다. 새로운 술식이 발동되기에 충분한 마나를 주입시키며.

우우우웅-!

지팡이로부터 뿜어진 회색빛의 빛줄기가 맥기디를 휘감았다. 그리고 곧 놀라운 일이 펼쳐졌다. 맥기디에게 걸려 있었던 몇 가지 마법, 예컨대 그녀를 남성스럽게 바꿔줬던 '페이스 오프'부터 '보이스 체인지' 주문까지 몽땅 해제되기 시작했다.

"어…… 응?"

점차 여성스럽게.

본연의 모습으로 돌아가는 인상과 목소리.

"이게 왜…… 헙!"

제 목소리에 헛바람을 삼키는 맥기디. 황급히 얼굴부터 더 듬거린다. 한층 작아진 코와 갸름한 턱이 모든 것을 대답해 줬다. 남자로 보이기 위한 모든 마법이 해제되어 버린 거다.

"켄슬레이션?"

그녀 또한 마법을 배웠다. 사용하진 못해도 유명한 고위 마법 몇 가지는 안다. 지금 이 마법의 정체, 대상의 '보조 마법'을 높은 확률로 '해제'시켜 버리는 마법, 지팡이에 새겨진 술식은 '켄슬레이션'이 분명했다.

"이, 이안 님……?"

그녀가 토끼처럼 동그래진 눈으로 이안을 바라봤다. 누가 봐도 일련의 사태에 대한 해명을 요구하는 눈빛이었다.

'제대로 바꿨군.'

하나 이안은 아무런 대답도 해줄 수 없었다. 지금 그의 머릿속엔 오로지 지팡이가 '전부'였으니까. 맥기디의 물음과 눈빛 따위 들리지도, 보이지도 않으리라.

'이제 통신구만 끼우면 완벽하다.'

이안의 손짓 한 번에 봇짐 속 통신구가 쏘옥 빠져나와 손

아귀로 날아들었다. 지팡이 주둥이로 장식하기 딱 좋은 모양새, 그리고 크기였다.

"물어."

그 말을 알아듣기라도 한 걸까? 지팡이의 주둥이 쪽 삐죽삐죽한 가지들이 쭈욱 늘어나 통신구를 감싸 안았다. 단단하게 품어버린 모양새가 쉽게 빠지지는 않을 것 같다.

"옳지. 잘했다."

마치 애완동물 다루듯 대초원의 지팡이를 쓰다듬어 준 이안. 이내 한곳으로 쏠렸던 정신력이 거둬진 듯 주변을 둘러봤다. 자연히 맥기디와 눈이 마주쳤다.

"대영주님은 어디 계시죠?"

"……예?"

당혹스러움에 어쩔 줄을 모르는 맥기디.

하나 이안은 차분하기 그지없었다.

"슬슬 만나 뵙고 돌아가야……."

"자, 잠깐만요. 이안 님!"

방에서 나가고자 했던 이안을 맥기디가 가로막았다. 정작 자신이 하극상을 저질러 버린 것은 아닐까 싶었지만, 그래도 들어야 하지 않겠는가? 한마디 해명이나마.

"어, 어떻게 아셨죠?"

"뭘 말입니까?"

"제, 제가 남장을……."

"아아."

이안은 정말 아무런 감흥이 없었던 듯 고개부터 끄덕거렸다.

"처음부터 알고 있었습니다."

"처, 처음부터요?"

"상아탑에 파견 마법사들 인적 사항 다 있는데, 제가 그걸 모르겠습니까? 다 보고 왔죠. 맥기디…… 아니, 매리 님."

그렇다.

듣고 보니 당연한 이야기다.

이안은 상아탑의 수뇌부 그 자체.

모를래야 모를 리가 없으리라.

얼굴이 빨개지기 시작한 맥기디, 본명 '매리'였다.

"그, 근데 왜 모른 척을……."

"그냥 그런가보다 했습니다. 아마 영주님도 아실 텐데, 파견 마법사 인적 사항은 영주한테도 들어가니까."

역시나 당연한 이야기. 한데도 매리의 얼굴은 빨개지다 못해 터지기 일보 직전이었다. 어째서 거기까지 생각을 못했을까? 바보가 아닌 이상 모를 수가 없는 상식인데.

"그런……."

지나간 기억이 하나둘씩 떠올랐다. 이안 앞에서 짐짓 남자 행세를 했던 순간들. 뿐이랴? 영주 앞에서도 그랬다. 하나부터 열까지 전부 기억나 버렸다.

'나, 나는 바보야…….'

아무래도 그런 것 같았다.

자신은 바보가 분명하다. 바보가.

"그, 그럼 혹시 병사 분들도……?"

"아뇨. 그분들은 모릅니다. 저와 영주님. 아, 파견 나오신 마법사 분들도 아시겠네요. 대충 그 정도 알 겁니다."

불행인지 다행인지 모르겠지만, 어찌 되었든 병사들이 모른다는 사실에 안도하는 매리였다. 그들마저 매리가 여자임을 알았다면, 알면서도 그리 대한 거라면 정말 부끄러울 것 같았다.

"아는 척하려고 했던 건 아닌데, 죄송하게 되었습니다."

"아, 아뇨. 사과하실 일은 아닙니다. 단지…….”

쭈뼛거리며 옆으로 물러나는 매리. 단지 혼란스러웠고, 그 혼란스러움을 정리하고 싶었을 뿐, 사과나 받자고 막아선 것은 아니었으니까.

"그, 그럼 볼일 계속 보셔요!"

결국 참지 못하고 방을 나가 버리는 그녀였다.

"흐음."

뭔가 실수를 한 것 같긴 한데.

저 정도로 부끄러워할 실수인가?

이안의 고민이 조금은 깊어졌다.

'남장이야 다시 하면 되는 건데.'

모르겠다.

머리를 긁적거린 이안이 발걸음을 옮겼다. 깨어났으니 대영주에게 알리고 돌아가야겠지. 이안의 임무는 동부 사태 종결, 할 일은 모두 끝낸 거다.

'돌아가자. 내 집으로.'

돌아갈 집이 생겼다는 것.

생각보다 즐거운 일이었다.

쿵! 쿵!

그 생각만으로 가슴이 벅차올랐다.

심장부터 쿵쾅쿵쾅 뛰는 것이……

"……어?"

한데 아무래도 그 정도가 아닌 것 같다. 집으로 돌아갈 생각에 가슴이 뛸 수는 있겠으나, 이리 쿵쾅쿵쾅 뛰지는 않을 테니까.

쿵! 쿵! 쿵! 쿵!

표현 그대로 터질 듯 뛰는 심장.

단 한 번도 이렇게 뛴 적은 없었다.

전생과 이번 생을 통틀어서 말이다. 마나 하트의 활동을 촉진시켜 주는 하프 엘릭서, 그 비약을 여러 병 마신다 한들이 정도는 아니었다.

"큭……!"

이젠 통증마저 느껴진다.

오만가지 생각이 다 들었다.

어딘가 이상이라도 생긴 걸까?

'갑자기 왜?'

점점 더 빠르고 격해지는 심장 박동.

마나를 뿜어대기 시작한 마나 하트.

현기증마저 일어날 정도였다.

'설마.'

순간 이안의 뇌리를 스치는 한줄기 생각.

아직 덜 자란 마나 하트, 그 마나 하트의 상태가 떠올랐다.

'어쩌면…….'

성장통이 아닐까?

아직 확신하기는 힘들다.

확인해 볼 가치만 충분할 뿐.

재빨리 자리에 주저앉은 이안.

마나 호흡을 시작하기 위함이었다.

"후우우……!"

심장에서 전해지는 고통. 그 강렬한 고통을 참아내며 마나
호흡에 몰입하기 시작했다. 호흡 한가락을 내쉴 때마다 통증

이 한 아름씩 몰려왔으나, 견디고 또 견뎌냈다.

'내 예상이 맞는다면.'

지난 5년간 부딪쳐 온 마나의 한계치.

아직 다 자라지 못한 마나 하트의 한계.

그 한계를 비로소 뚫어낼 수 있으리라.

그렇게만 된다면 넘어서는 거다.

5클래스 마스터를 넘어서.

'6클래스 초입에 돌입한다.'

역류하는 핏물이 입술은 물론 코와 귀로 줄줄 흘러나왔다. 이미 죽어버린 검붉은 피였다. 누구든 목격하는 순간 기겁할 몰골. 차라리 다행이었다. 집이 아니어서.

'어머니가 봤다면 기겁이 아니라……'

아마 기절을 해버리셨겠지.

고통 속에서도 피식 웃어버린 이안.

그의 마나 호흡이 점점 더 막바지로 치달았다.

"이안 공! 깨어나셨단 소식을…… 이, 이안 공?"

허겁지겁 이안의 방으로 달려온 대영주 칼리언 피에릭. 그가 이안의 몰골을 보고 크게 놀랐다. 그럴 수밖에 없었다. 얼굴은 물론 로브와 바닥까지 피로 얼룩져 있었으니까.

"이게 무슨…… 괜찮으신 게요?"

"괜찮습니다."

대영주의 물음에 이안이 자리에서 일어났다. 그러자 얼굴에 묻어 있던 핏자국들이 빻아진 가루처럼 스르르 떨어져 나갔다. 로브의 핏자국도 마찬가지였다.

"그냥 허물 한 번 벗은 겁니다."

"허물……?"

대영주가 잠시 이안의 말뜻을 고민해봤다.

결론은 오리무중, 뜬구름 잡는 얘기가 아닐까.

'마법사들이 다 그렇지.'

그렇게 정리한 대영주가 본론부터 꺼냈다.

"아, 아무튼 깨어나셔서 다행이오. 내 감사의 인사든 뭐가 되었든, 드릴 말씀이 참으로 많소만, 우선 이것부터 전해드려야 할 것 같아 급하게 찾아왔소."

대영주가 건넨 것은 수정구였다.

통신 역참으로 전해지는 마나 서신의 매개체.

통신구와는 성질이 다르다.

"공께서 대초원으로 가셨을 때, 그러니까 열흘 전이군. 상아탑에서 서신이 도착했소. 꼭 임무가 끝나면 보여드리라는 언질이 있었는데, 마침 공께서 혼절을 하시는 바람에…… 일단 확인하시구려."

상아탑에서 서신을?

무슨 일이라도 생긴 걸까?

이안이 잽싸게 수정구를 건네받았다. 당장 마나를 주입시켜 서신의 내용부터 확인하고자 했다.

"잠시만, 전해드릴 게 하나 더 있소."

그리 말하며 안주머니로 손을 가져가는 대영주 칼리언. 그가 꺼내 든 것은 편지였다. 통신 역참으로 전해온 마나 서신이 아닌, 황제의 인장이 찍힌 '종이 서신' 말이다.

"오늘 기수를 통해 도착한 황제폐하의 직통 서신이오. 반드시 이안 공께 직접 전달해 달라는 엄명이 있었소."

"기수를 통해서 말입니까?"

"그렇소이다."

황제는 상아탑의 통신 역참을 이용하지 않고 기수와 종이 서신을 선택했다. 자칫 전달이 늦어 엇갈릴 가능성이 높은 고전적인 방법을. 뜻하는 바가 무엇이겠는가?

'상아탑에 비밀로 해야 하는 내용이거나.'

혹은 상아탑 선에서 서신의 전달을 의도적으로 늦출 만한 내용이거나. 결론적으로 똑같은 얘기다. 아마 상아탑의 서신에서 바라는 내용과 정 반대의 입장일 터.

'우선 상아탑의 서신부터.'

이안이 수정구에 마나를 불어넣자 푸른빛 마나의 문자들이 뿜어져 나왔다. 언제나 그랬듯 아주 익숙한 마나 서신의 효과였다.

─고위 마법사 이안 페이지에게 알린다. 수행 중인 임무에 차질을 빚을 만한 내용이므로, 서신의 전달 시기를 미루어달라 요청하였다. 피치 못할 선택이었다는 점을 이해해주길 바란다.

임무에 차질을 빚을 만한 내용이라.
이어지는 서신의 내용이 허공에 그려졌다.

─그대의 가정에 작은 소란이 있었다. 정체 모를 괴한이 저택에 침입하였고, 근위병들의 활약으로 가족들과 재산은 무사하다. 현재는 황실과 상아탑의 전력적인 비호 아래 안전을 보장받고 있는바, 이 서신으로 하여금 걱정할 필요가 없음을 알린다.

그 외에도 몇 가지 말들이 있었으나, 핵심적인 내용은 거기까지가 전부였다. 대저택에 침입자가 발생했고, 근위병들이 잡았으며, 지금은 황실과 상아탑이 나서 가족들을 지켜주고 있으니 안심하라는 얘긴데.
'걱정하기를 바라는 서신이군.'

실로 빤히 보이는 노림수였다. 문제가 있다면 그 사실을 알면서도 마음이 날뛴다는 것, 우려했던 사태가 터져 버렸다. 당장에라도 돌아가고 싶어 미칠 지경이다.

'황제의 서신까지 읽고 판단하자.'

가까스로 마음을 진정시킨 이안.

이번에는 황제의 종이 서신을 펼쳤다.

─친애하는 마법사, 내 아들의 벗 이안 페이지에게.

직관적인 내용만 전달하는 상아탑의 서신과 달리, 황제의 서신은 정석적으로 시작되었다. 비밀리에, 급박하게 보내왔을 서신인데도 격식이 묻어났다.

─이 서찰이 제대로 전달되었다면, 아직 나와 내 아들에게 남은 운이 다하지 않았다는 뜻이겠지. 행운의 여신께 감사를 올리며, 짐은 그대에게 한 가지 부탁을 하고자 한다.

황제는 부탁임을 강조했다.

결코 황명이 아니라 부탁임을.

─고위 마법사의 신성한 의무로 출타 중인 자네는 아직 소식을

듣지 못했겠지만, 동부 대초원의 몬스터 토벌 건에 관한 삼국의 협정이 조만간 자유도시 '데미데라'에서 개최될 예정이다.

'토벌 협정을 벌써 시작한다?'

이번만큼은 이안도 놀랄 수밖에 없었다.

예정된 역사가 몇 년은 앞당겨진 상황이다.

이안이 알고 있던 전생의 흐름보다 훨씬.

─그대의 벗이자 황태자 하이든 그린리버를 포함한 5황자 라그나르 그린리버, 상아탑 탑주 허버트 레온과 제국군 대장군 던컨 미토스 등이 협정의 사절단으로 내정되었다. 아마 이 편지를 읽을 때쯤이면 데미데라로 향하는 사절단의 행렬이 시작되었겠지.

하나 그 내용은 전생과 마찬가지였다.

이 협정의 가장 중요한 점은 라그나르다. 놈이 본격적으로 전면에 나서는 시작점.

계승 싸움의 데뷔 무대나 마찬가지니까.

'황태자가 몰락하는 결정적인 시작점.'

반면 라그나르는 이 협정에서 발군의 외교력을 발휘한다. 그 결과 귀족은 물론 백성들조차 라그나르의 능력을 알게 되는, 더불어 황태자의 무능함을 체감하는 결정적인 기점이 된다.

　─이번 사절단에 황태자의 눈과 입이 되어줄 자는 아무도 없다.
단장 올리버 레이우드는 충직한 인물이나 기사일 뿐, 그러한 이유
로 황태자의 벗인 이안 페이지에게 부탁을 하는 바, 부디 데미데
라로 향하여 황태자의 힘이 되어다오. 그대의 소중한 가족은 황궁
으로 불러와 제국 최고의 보호를 약속할 터이니.

　과연 서신을 따로 보낸 이유가 있었다.
　지푸라기라도 부여잡는 심정이리라.
　황태자가 사람구실을 할 수 있도록. 아니, 실수만 하지 않
도록.
　"……."
　잠시 두 눈을 감은 이안은 상황부터 정리하기 시작했다.
　전생의 기억, 그리고 작금의 상황.
　'탑주가 설계한 판이었나.'
　어디서부터 어디까지인지는 모르겠다.
　동부 대초원 사태부터 삼국 협정 등 모든 흐름이 탑주의
계략일수도, 혹은 그 요소 중 일부분만 그럴 수도 있으니까.
　실로 수많은 추측과 심증이 이안의 머릿속에 떠올랐다. 하나
지금은 선택부터 해야 할 차례였다.

'가족, 그리고 황제의 부탁.'

저택에 침범했다는 괴한들.

그 또한 탑주의 조작일 가능성도 있다.

이안을 묶어두려는 술수 말이다.

'나를 제대로 파악했어.'

아마 탑주는 이안에 관한 뒷조사를 멈추지 않았을 거다. 비정상적으로 가족을 우선시하는 이안의 성정 또한 파악해 냈을 터. 조작이라면 실로 최고의 한수였다.

'당연히 가족들한테 달려갔을 테니까.'

조작이든 나발이든 분명 그랬겠지.

불과 어제까지는, 아니.

'아까까지는 말이야.'

절절히 느껴지는 방대한 마나.

이안은 분명 6클래스에 돌입했다.

전생, 그리고 이번 생을 통틀어 '인류 최초'라고 자부할 수 있는 경지를.

'6클래스는 6클래스만의 마법이 있다.'

탑주조차 상상 못할 마법들.

기록마저 남아 있지 않을 마법들.

그 일부를 실현시킬 수 있는 경지.

그것이 바로 6클래스의 대마법사다.

"하하."

이안이 자그마한 웃음을 흘렸다.

적이 가소롭다고 느껴질 때.

바로 그 순간에 지어지는 미소였다.

"어찌 그러시오? 도대체 무슨 내용이기에."

한참을 잠자코 지켜보던 대영주 칼리언이 궁금한 듯 물었다. 그의 성격상 오래 기다린 거다.

"영주님."

"듣고 있소."

"제가 영주님과 영지를 지켰습니다. 맞습니까?"

다소 뜬금없는 이안의 물음.

그럼에도 칼리언은 고개를 끄덕이며 인정했다.

"당연하오. 그대는 나와 영지의 은인이시지."

"그럼 부탁 하나만 들어주시겠습니까?"

"말씀만 하시오. 그렇지 않아도 내 이안 공의 은혜를 어찌 갚아야 할까 고민하고 또 고민하던 참이었소. 결국 판단까지 내리지는 못했소만."

제 가슴팍을 쿵쿵 치며 말하는 칼리언.

아무리 봐도 지도자보단 전사에 가까웠다.

"당분간 저를 지켜주셔야겠습니다."

부탁하는 이안의 두 눈이 번뜩거렸다.

6클래스의 마법사는 알고 있었으니까.

상황을 타개시킬 완벽한 방법을.

자유, 중립, 상업, 항구.

수많은 꼬리표가 붙는 도시 '데미데라'. 협정이 예정된 그곳에 그린리버 제국의 황태자 '하이든 그린리버'를 포함한 사절단 전원이 도착했다.

"지금이라도 이안을 부르면 안 될까?"

마차 안 황태자의 표정이 유독 어두웠다. 탑주부터 대장군, 그밖에 사절단 핵심 인사들 모두가 5황자 라그나르의 사람들이다. 결코 편할 수가 없으리라.

"마음을 굳게 다지십시오. 그 누구도 황태자 전하께 위해를 가할 수는 없습니다."

올리버의 말이 옳았다. 저들은 그럴 생각도 없거니와, 황족 수호의 임무가 주어진 이상 그럴 수도 없다.

탑주와 몇몇을 제외한 대부분의 사절단은 라그나르를 '적합한 후계자'로서 따를 뿐이지, 아직 '주군'으로 모시지는 않는다. 현재의 주군에게 황명을 받잡은 이상, 오히려 황태자의 안위를 지켜줄 터.

"그래도 불안하구나. 이럴 때 이안이라도 옆에 있었으면 좋았을 것을. 하필 고위 마법사의 의무인지, 그걸 나가서……."

황태자가 이토록 불안해하는 반면, 5황자 라그나르의 표정은 어느 때보다 여유로웠다. 힘 있고 똑똑한 자 특유의 자신감마저 엿보였다.

그는 황태자처럼 마차에 타지 않았다. 몸소 말 위에 올라 황성부터 이곳까지 행렬을 함께했다.

"고생 많으셨습니다. 오늘 밤은 여러분들을 위해 따로 연회의 자리를 마련할 터이니, 모쪼록 즐기시며 여독도 푸시길."

"오오오!"

뿐이랴? 사절단의 호위 병력으로 붙은 기사단과 병사들 쪽으로 말 머리를 돌려 그들과 편히 어울린다. 그야말로 '좋은 지도자'의 표본을 과시하고 있었다. 말단 병사들조차 5황자를 미래의 황제라 여길 정도로.

'잘 익었구나.'

그 모습을 흐뭇하게 바라본 탑주. 오랫동안 키운 열매가 좋은 과육과 과즙을 머금었다. 바야흐로 수확의 계절이 찾아온 거다. 제국을 '상아탑의 제국'으로 탈바꿈시킬 첫 단추가.

'시기가 무르익었는가.'

이날을 위해 오랫동안 판을 짜왔다. 폐인이 된 헬레느를 심복으로 만들었다. 그녀로 하여금 여러 비공식적인 일들을 처리했다. 대초원에 큰 혼란을 만들고, 그것을 빌미로 협정의 자리까지 마련해 냈다. 독자적인 세력과 연락망이 총동원된 결과였다.

'혹시 모를 방해꾼도 치워놨으니.'

황태자 옆 가장 성가신 방해꾼.

이안의 성정은 이미 파악해 뒀다.

가족의 안위를 최우선으로 두는 자.

가족과 관련된 일이라면 반역조차 불사할 터.

'지금쯤 황성으로 달려가고 있겠지.'

물론 가족을 직접적으로 건들지는 않았다. 단지 좀도둑 정도의 상황을 만들었을 뿐이다. 충분하지 않겠는가? 증거도 없다. 일찌감치 바깥으로 돌려 일을 수월하게 진행했으니, 이제는 그 성정을 자극해 집으로 돌려보내면 그만이리라.

'이 협상이 끝날 때쯤이면 황자는……'

탑주가 확신을 품는 그때였다.

사람들이 웅성거리기 시작했다.

하늘에서 날아오는 무언가.

그 무언가를 올려다보면서.

"……?"

탑주 또한 모두의 시선을 따라 하늘을 올려다봤다. 하늘에는 로브 차림의 남자가 이곳으로 날아오고 있었다. 파란 로브, 엄청난 비행 능력, 익숙한 실루엣까지.

"이안!"

가장 먼저 알아본 황태자가 마차 문을 박차고 나왔다. 위축되었던 표정은 온데간데없었다. 조각마냥 잘 빚어진 얼굴에 화색이 돌았다. 환호성마저 지를 기세였다.

"이- 안-!"

이안의 이름을 힘껏 외치는 황태자.

펄쩍펄쩍 뛰며 두 손까지 흔들어댄다.

그 앞으로 파란 로브의 남자가 착지했다.

동시에 한쪽 무릎을 꿇으며 예를 취한다.

"제가 좀 늦었습니다. 황태자 전하."

그 남자의 정체는 이안 페이지. 지금쯤 황성으로 달려가고 있어야 할 그가 중립도시 데미데라에, 황태자와 그린리버 사절단 모두의 앞에 나타난 거다.

'어떻게?'

가장 큰 경악은 탑주의 몫이었다.

저 자가 어찌 이곳에 나타났단 말인가?

아무리 생각해도 말이 되지 않는다.

오차의 범위를 빗겨나다 못해 한참 벗어난 결과였다.

"설마 가족을 포기했다고?"

＊

같은 시각.

수도 그린리버디움의 황궁.

베네사와 레디오, 더글라스는 모두 황궁에 있었다. 대저택
에 괴한이 침입했던 그날 이후로 쭉 황궁의 별채에서 지내왔
다. 주변을 지키는 병사들 또한 어마어마했다.

"대장님 빨리 오셨으면 좋겠다."

더글라스가 중얼거렸다. 녀석은 괴한의 습격에 그리 겁을
먹지 않은 눈치였다. 오히려 아카데미를 가지 못하는 상황이
답답하기만 할 뿐이었다.

"곧 오실 거야."

그런 아들에게 한마디 툭 뱉어준 레디오가 베네사를 바라
봤다. 꽤 긴 시간이 지났는데도 좀처럼 진정이 되지 않는 모
양이었다.

"페이지 부인, 너무 걱정하지 마십시오. 나라님 먹고 자시
는 황궁이 아니겠습니까? 세상 어디보다도 안전할 겁니다."

레디오의 너스레에도 힘없는 미소만 지어보인 베네사. 어
떻게든 참고 있지만 그녀도 이안이 보고 싶었다. 아들의 얼

굴을 봐야, 그 따뜻한 손을 잡아야 진정이 될 것 같았다.

"상아탑에서 서신을 보냈다고 하지 않았습니까? 이제 곧 이안 님께서 저 문을 여시고 짠! 하면서 나타나실 텐데……."

레디오는 분위기를 풀어보고자 했다.

결코 무언가 알고 뱉은 말이 아니었다.

한데.

"짠."

그 예상이 정확하게 들어맞아 버렸다. 문이 열리고 파란 로브 차림의 청년이 들어왔다. 모두가 기다리고 또 기다렸던 존재, 이안이었다. 어울리지도 않는 '짠'으로 보아 바깥에서 레디오의 너스레를 듣고 있었던 모양이다.

"응……?"

"대장!"

레디오와 더글라스가 이안의 등장에 가장 먼저 반응했다. 이안 역시 가벼운 눈인사를 건넸다. 그러고는 곧장 어머니 앞으로 성큼성큼 다가갔다.

"제가 좀 늦었죠? 어머니."

어머니의 떨리는 손을 꼭 붙잡아준 이안. 황태자를 향해 한쪽 무릎을 꿇고 있어야 할 그가, 황궁의 가족들 앞에도 나타난 것이었다.

6클래스의 경지부터는 기록이 매우 적다. '공식적'으로 도달해 본 이가 존재하지 않았으니까.

그렇기에 알려진 마법도 극소수였다. 전생의 이안은 아예 사용할 수 있는 술식들을 직접 만들거나 혹은 저자 불명의 희귀한 고서로부터 조금씩 찾아냈다.

"지금부터 피에릭 영지의 최고 전사들은 나 칼리언과 함께 이안 공을 보호한다. 전사의 명예를 걸고 쥐새끼 한 마리 허용치 않겠다. 알겠는가?"

피에릭 영주성의 지하.

대영주 칼리언 피에릭의 폐관 수련장.

그 앞을 두 자루 도끼의 대영주와 영지 내 최고 전사들이 꽁꽁 틀어막았다. 이안의 부탁에 따라, 그를 최대한 안전하게 지켜내기 위함이었다.

"예! 대영주!"

그 철통같은 보호의 안쪽으로는 가수면 상태에 빠진 이안의 '본체'가 벽에 기대어 앉아 있었다. 남장을 포기한 파견 마법사 '매리'도 함께였다.

'만약 문제가 발생한다면 제 머리에 마나를 주입하세요. 그럼 깨어날 겁니다.'

매리를 향한 이안의 당부.

덕분에 그녀는 이안과 가장 가까이 배치되었다.

'그런 마법은 처음 봤어.'

문득 이안이 펼친 마법을 떠올리는 매리였다.

미러 이미지와 비슷했지만, 그 성질은 전혀 다른 마법.

'이름이 뭐라고 하셨더라? 퍼핏 플레이?'

퍼핏 플레이.

이름 그대로 '꼭두각시놀음'이다.

형상만 만들어낼 뿐, 아무것도 할 수 없는 '미러 이미지'와 차원이 다른 6클래스 주문으로, 자유로운 행동은 물론이거니와 5클래스 상당의 마법까지 가능한 '분신'을 두 명 소환해낸다. 본체는 가수면 상태에 빠져 '조종자'가 되는데, 그것이 해당 주문의 최대 약점이라면 약점이었다.

'집중하자. 집중.'

어렵사리 잡념을 떨쳐낸 매리.

이안의 당부에 따라 경계심을 곤두세웠다.

'지켜달라 하셨으니까.'

퍼핏 플레이로 무엇을 하는지는 알려주지 않았으나, 이안은 목숨의 은인이 아니겠는가?

매리뿐만 아니라 저 바깥에 진을 치고 있는 대영주와 최고 전사들 역시 목숨, 그리고 영지의 안위를 빚졌다. 그 은혜를 조금이라도 갚고자 집중하고 또 집중했다.

✳

"와줬구나! 와줬어!"

신이 난 듯 호들갑을 떠는 황태자 하이든.

이안의 등장이 그만큼이나 반가웠다.

실로 적절한 순간에 등장해 줬다.

한줄기 빛이나 다를 바 없었다. 황태자에게는 말이다.

"아무래도 마음이 통한 모양이군! 내 그렇지 않아도 너를 부를까 말까 계속해서 고민하고 있었느니라. 단장한테 물어보기까지 했는데. 하하!"

황태자는 불과 몇 초 만에 완전히 제 모습을 되찾았다. 황태자 좋은 일 시켜주자고 여기까지 온 건 아니지만, 기분이 썩 나쁘지 않은 이안이었다. 가족을 제외하자면 가장 긴 시간을 어울린 상대이기 때문일까?

'정이라도 들었나.'

두 번째 삶.

여러 가지로 전생과는 달랐다.

피식거린 이안이 라그나르와 탑주를 바라봤다.

당혹감을 감추지 못한 몰골들이 꽤나 볼만했다.

'마나 저장기 박살 냈을 때랑 비슷한데.'

특히 탑주의 표정이 그럴싸하다.

노림수가 어지간히도 빗나갔나 보다.

곧 표정을 거두었으나, 이미 질리도록 감상한 뒤였다.

"누군가 했더니만, 이안 자네로군."

아무렇지도 않다는 듯 다가온 탑주.

그가 평소와 같은 어조로 말했다.

"임무를 성공적으로 완수했다는 보고, 피에릭 대영주께 받았네. 혼절할 정도로 고생이 많았다지. 제국을 위하여 아주 큰일을 해냈구먼."

"고위 마법사의 의무가 아니겠습니까."

이안 역시 평소와 같은 대답을 늘어놨다.

지극히 통상적인 탑주와 고위 마법사의 대화였다.

여기까지는 그랬다.

"한데 자네가 어찌 이곳까지 왔는가? 요양을 취했다면 상아탑으로 돌아가 맡은 바 소임을 계속해야 하거늘. 혹, 가족에게 일어난 소란을 듣지 못……."

"상아탑의 서신은 받았습니다. 다만 대초원의 임무를 완수하는 즉시 사절단에 합류해 황태자 전하를 보필하라는 황명을 받고 왔습니다."

그리 말하며 황제의 서신을 꺼내 든 이안.

개인적으로 보내온 부탁 편지가 아니었다.

함께 동봉된 정식적인 명령서였다.

"잠시 읽어볼 수 있겠나?"

"그리 하시지요."

황제 테리 그린리버의 인장이 찍힌 명령서.

그 인장을 확인한 탑주가 쓴 침을 꿀꺽 삼켰다.

'뭐라도 시도할 거라 예상은 했으나……'

낭떠러지 앞 지푸라기나 마찬가지인 서신이 운 좋게 전달될 줄은, 하물며 이안 페이지가 가족들의 안위를 포기한 채 이곳으로 달려올 줄은 예상치 못했다.

'아직 천운이 남아계신가 봅니다. 폐하.'

하나 탑주는 이안이 사절단에 합류하는 것을 원치 않았다. 물론 거부할 만한 명분도 충분했다. 그 정도 대비 없이 일을 꾸미지는 않았으니까.

"황제폐하의 명령서임은 알겠네만, 불가할 것 같군."

탑주의 짐짓 침착한 대응에.

"불가라니! 아바마마의 명이 우습단 말인가!"

황태자가 정반대로 흥분하며 나섰다.

물론 눈 하나 깜빡거리지 않는 탑주였다.

"황태자 전하. 이는 삼국간의 신뢰가 걸린 사안이옵니다. 사절단의 인원과 호위 병력의 숫자에 제한을 걸어둔 상태로,

단 한 명의 오차도 없이 제한을 준수할 거란 협의가 사전에
맺어진 상태이지요. 흠흠!"

잠시 말문을 멈췄던 탑주.

목청을 가다듬은 그가 계속해서 이어갔다.

"무릇 외교의 밑바탕은 상호간의 신뢰일지언데, 일개 병
졸도 아닌 고위 마법사를 어찌 사절단에 한 명 더 합류시킬
수가 있겠습니까? 결코 불가한 사안임을 황제폐하께서도 이
해해 주실 거라 믿습니다."

탑주의 말이 틀린 소리는 아니었다.

당장 전쟁 중인 것은 아니나, 대립했던 역사가 잦으며 오
래토록 서로를 견제해 온 삼국의 협정이다. 그런 자리에 각
국의 후계자를 포함한 사절단과 호위 병력이 만난다. 삼국
모두 민감하게 반응했고, 최소한의 안전을 보장받을 수 있는
약속이 맺어진 거다. 조금이라도 어길 시 협정은 시작부터
틀어져 버릴 터.

"외교의 밑바탕은 신뢰, 지당하신 말씀이죠."

이안 역시 탑주의 명분을 인정했다.

고위 마법사란 살상 무기와 같다. 이미 사절단에 포함된
고위 마법사만 2명, 탑주까지 포함하면 3명이다. 한데 그런
존재를 협정 막바지에 한 명 더 추가한다?

'협상 테이블 엎어버리겠다는 소리지.'

아마 황제도 사절단에 포함되어 달라는 부탁은 아니었을 거다. 그저 가까운 곳에 머물며 망나니짓을 하지 못하도록 제어하라, 혹은 조언이라도 해달라는 부탁이었을 터. 황태자가 이안의 말이라면 껌뻑 죽는다는 사실을 황제 또한 알고 있었으니까.

"탑주께서 무엇을 걱정하시는지 알겠습니다."

그러나 이안에게는 방법이 있었다. 아무런 외교적 문제를 일으키지 않고, 사절단의 일원으로 편입될 방법이.

"하면 이만 돌아가시게나. 자네가 이 도시에 있다는 사실만으로도 외교적 문제를 일으킬 수 있어. 고생한 자네에게는 미안한 일이지만, 어쩔 도리가 없음을 이해해 줬으면 하는군."

진심으로 미안하다는 듯 말하는 탑주.

승리를 장담한 특유의 어투였다.

그는 언제나 인자함을 잃지 않는다.

자신이 우위에 있으면 있을수록 그 인자함이 배로 발휘되는 성정이었다.

"황제폐하께는 내 따로 소상히 말씀을 올릴⋯⋯."

"근데, 만약에 말입니다."

이안이 그런 탑주의 말을 싹둑 잘라 버렸다.

한데도 불쾌한 기색 하나 내비추지 않았다.

곧 어떻게 될지는 모르겠다만.

"사절단의 고위 마법사 한 분이 빠져 준다면, 제가 그 자리를 대신 채워도 되겠습니까? 황제폐하께서 내리신 명령도 있으니 그 정도 융통성은 발휘해도 될 법합니다만."

그 말에 탑주가 사절단 고위 마법사들을 힐끔 바라봤다. 자신의 명이라면 황명처럼 따르는 자들, 적어도 상아탑의 고위 마법사 중 배신자가 있을 리는 없다.

'암. 그럴 리가 없지.'

장장 30년 이상을 걸어온 상아탑주의 길이다. 고위 마법사 하나하나를 오랫동안 봐왔고, 알게 모르게 자신의 권속으로 만들고자 노력해 왔다. 그 결과 고위 마법사 전원이 탑주에게 충성을 바쳤다. 짧게는 몇 년부터, 길게는 십 년 이상을.

'애송이들이라면 모를까.'

젊은 마법사들의 신임 좀 얻었다고 그새 기고만장해진 모양이다. 저 애송이들의 우상, 이안 페이지라는 애송이가.

"물론 그럴 수도 있겠다만, 과연 누가……."

탑주의 웃음 섞인 목소리가 들려오는 그때.

"제가."

사절단의 행렬에 섞여 있던 고위 마법사 '로난'이 앞으로 나오며 말했다. 과거 이안의 목에 목줄을 채워야 한다며 노발대발했던 바로 그자였다.

"제가 사절단의 공석을 만들도록 하겠습니다."

"……지금 무슨 소리를 하는 게요. 로난?"

다시 한 번 인자함이 사라져 버린 탑주의 얼굴.

고위 마법사 중에도 강경파에 속하는 로난이 아니던가?

"말씀드린 그대로입니다. 우리는 제국의 백성이 아닙니까? 이떤 경우라도 황명을 따르지 않는 백성이란 존재할 수 없습니다. 외교가 걸린 문제라 해도 마찬가지죠."

단호한 어조로 읊조리는 고위 마법사 로난.

그의 논리가 계속해서 펼쳐졌다.

"사절단의 임무는 아주 신성한 임무라 배웠습니다. 하나 그 임무에서 빠짐으로 황명과 외교, 두 중대사를 만족시킬 수만 있다면, 기꺼운 마음으로 빠지겠습니다."

할 말을 끝낸 로난이 황태자에게 다가갔다.

그러고는 한쪽 무릎을 꿇으며 예를 갖췄다.

"소신 황명에 입각하여 사절단으로서의 신성한 임무를 이 안 페이지에게 위임하고자 하는 바, 황태자 전하께서 허락해 주시길 청하옵니다."

어찌되었든 사절단의 가장 큰 권력자는 황태자다.

표면적일지라도, 지금은 그 표면이 중요했다.

"이를 말인가? 물론이지! 황성으로 돌아가도 좋아."

황태자의 대답은 말할 것도 없었다.

일말 고민조차 하지 않았다.

이안과 바꿔준다는데 무슨 고민을 하겠는가?

"아, 잠깐만."

무언가 생각이 난 듯 마차를 뒤적거린 황태자.

곧 보석으로 치장된 장신구 몇 개를 가져와 로난에게 쥐어
준다.

"여비로 써. 여비로. 가서 마차도 사고, 마부도 고용하
고. 응?"

"……서, 성은이 망극하나이다. 전하."

태어나 처음 받아보는 황태자의 호의에 조금은 당황했던
로난. 용무를 끝낸 그가 이안에게 다가갔다.

등을 지고 있어 다른 이들한테는 보이지 않았으나, 로난의
입가에는 명백한 미소가 지어져 있었다. 오직 이안에게만 보
이는 미소가.

"이안. 내 자네한테 사절단으로서의 임무를 위임하지. 모
쪼록 황제폐하께서 내리신 명을 실수 없이 수행토록 하게."

중년의 고위 마법사 '로난'.

그는 이안이 전생의 기억으로 솎아낸 '이용할 만한 고위
마법사' 중 하나였다. 매사에 과격할 정도로 강경적인 마법
사였으나, 그의 가치관은 탑주를 향한 '충성'이나 상아탑의
'위신' 따위가 아니었으니까.

'오직 개인의 마법적 역량.'

어느 마법사가 그것을 원하지 않겠느냐만, 로난의 경우는 집착에 가까웠다. 보통 고위 마법사가 되어 수많은 혜택들을 누리며 살다보면 자연스레 안주해버리는 것이 순리인데, 그의 마법적 갈증은 날이 갈수록 심해질 뿐이었다.

'마나 호흡법만 던져줘도 꼬리를 흔들 줄 알았어.'

이안을 견제했던 것은 열등감의 결과였다. 하나 개인 교습이라는 명목 하에 시간을 보내는 과정에서 열등감이 싹 지워졌다. 오히려 배우고자 했다. 특히 이안의 호흡법을 일부분 익힌 뒤부터는 '친 이안파'로 돌아서 버렸다. 탑주 밑에서 15년을 구른 것보다 역량의 증진이 빨랐으니까.

"고맙습니다. 선배님."

"고맙기는, 백성 된 자의 도리 아니겠는가?"

마음에도 없는 소리와 함께 속삭이기 시작한 로난.

"나중에 돌아오면 그거, 마저 알려주시게."

'그거'라면 필시 마나 호흡을 칭하는 것일 터. 이안이 가볍게 끄덕이자 로난 역시 빠른 속도로 멀어져갔다. 떠나기 직전 탑주가 했던 말을 그대로 읊어주는 것도 잊지 않았다.

"그럼 소인은 이만 물러가보겠습니다. 사절단에 포함되지 않은 고위 마법사가 도시에 있는 것만으로도 외교적인 문제를 일으킬 수 있다…… 탑주께서 하신 말씀이셨죠."

이는 결코 약속된 행보가 아니었다. 그럼에도 약속된 것처럼 매끄러운 전개였다. 이안의 갑작스런 등장, 로난의 변심, 그리고 이안의 사절단 합류라는 마무리까지.

"허, 허허······."

복잡해진 표정으로 웃음만 흘리는 탑주.

깊은 허탈함과 분노가 동시에 느껴졌다.

to be continued

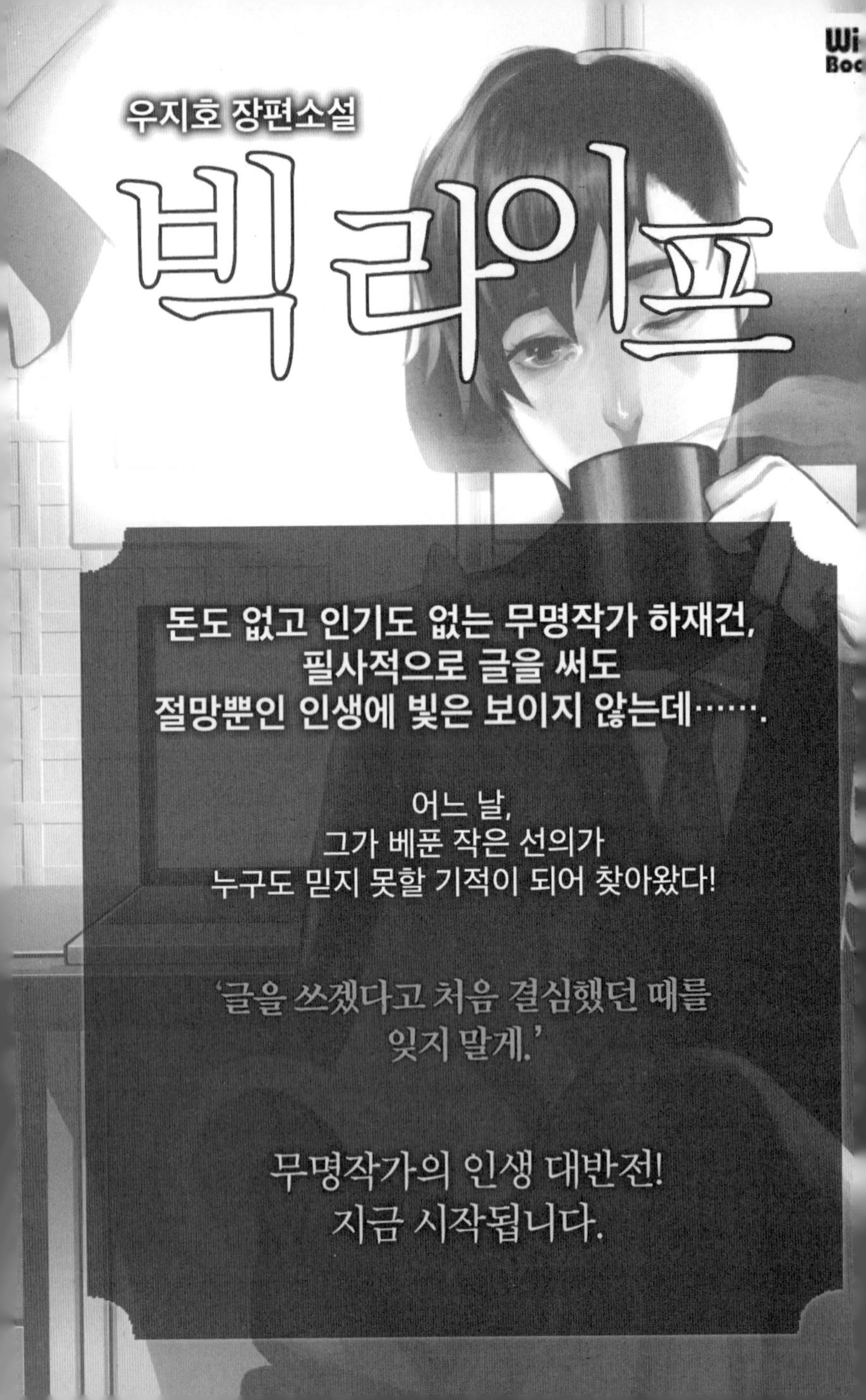
우지호 장편소설
빅 라이프
돈도 없고 인기도 없는 무명작가 하재건,
필사적으로 글을 써도
절망뿐인 인생에 빛은 보이지 않는데…….
어느 날,
그가 베푼 작은 선의가
누구도 믿지 못할 기적이 되어 찾아왔다!
'글을 쓰겠다고 처음 결심했던 때를
잊지 말게.'
무명작가의 인생 대반전!
지금 시작됩니다.